美酒と黄昏

小玉 武
Kodama Takeshi

幻戯書房

美酒と黄昏

小玉武

幻戯書房

序――夕暮れ。そしてわが「酒場の歳時記」

長い間、酒場はわたしの〝職場〟だった。

全国のおもな街の主要なバーへ頻繁に足をはこんだ。東京はもちろん大阪や札幌や沖縄まで、全国の多くの都市の、街でいちばんのバーに出かけたから、そんな酒場について、今でも多少は知っているつもりである。そして、ロンドンやエジンバラやニューヨークや、さらにパリやベルリンやミラノやウィーンなどの酒場も、キザを承知で言うのだが、同様にいささかの語るべき体験を持っている。

正式にバーに勤めたことはないけれど、当時、一九六〇年代だったが、日本バーテンダー協会の杉田米蔵会長からカクテル作りの手ほどきを、連日のように個人教授して貰っていた。銀座並木通りのバーだった。その時学んだ技と知識《レシピ》は、きのうのことのように思い出せる。ウデは落ちているかもしれないが。今でもカウンターの内側に立って、チーフ・バーテンダー氏の助手くらいならつとまるだろう。

サントリーという会社で、三十八年余り、働いた。

行きたかった出版社には、その社の幹部だった従兄に賛成して貰えず、入社試験すら受けていない（彼は翌年大きな文学賞を受賞して、作家として独立した）。だから、わたしはサントリーへ舵を切り替えたのだ。ちょっと偉そうなことを言わしていただく。まだ壽屋といった社名のこの会社では、入社が内定するとすぐに、宣伝部の大きな仕事が待っていた。正直、驚いた。思わず腹の底から哄笑がこみあげてくるくらい、仕事が大きな塊となって湧き出てくるような会社だった。幸い学生時代の博報堂のアルバイトや大学新聞の編集経験が生きた。仕事が愉しかった。


入社後は、おもに宣伝部と広報部で仕事をした。

はじめの数年間は、テレビCFをはじめ広告制作とPR誌『洋酒天国』の編集がメインの仕事だった。だが、実はこの時期が、将来への大事な〝跳躍台〟となったのだと思う。仕事を終えると、毎晩、必ずバーへ出かけた。

親しいバーテンダーと雑談を交わし、そのバーで自社のウイスキーを飲み、創作カクテルの香味を確認し、酒場の空気を十分に吸い込んで、また夜の街に出撃する。宣伝部には職場の上司でもあり、仕事の先輩でもある開高健、山口瞳、柳原良平らという〝猛者〟たちがいた。バーへ行く時は一緒のことが多かったけれど、どこへ行っても、彼らの知り合いの小説家や売れっ子の詩人や漫画家たちがいた。バーまわりを重ねるうちに、わたしもそのような人々と親しくなり、仕事にも生かせるようになっていた。帝国ホテルを仕事場にしていた吉行淳之介から電話を貰い、二人でバーに出かけたこともあった。

それでも、会社の宣伝部で、バーという職場で、わたしはいつも背伸びをしていた。だから他人から見ると、危なっかしくて転びそうな姿勢をしていたのだろうと思う。仕事のことでは、むろん開高さんや山口さんにかないっこない。酒の扱い方では、街でいちばんの酒場のバーテンダー氏とは、競争するだけ無駄であった。

やはりこの世界も、半可通ではかないっこないのだった。

背伸びするしかなかったけれど、そうした姿勢こそが必要だったと、あとでわかった。おかげで、わたしは多くの素晴らしい人たちと出会うチャンスをつかみ、議論では打ち負かされながら、それを恵まれた環境として納得できたから、という思いがある。酒場のツケの支払いを含めて、苦い体験こそが、わたしの原点だった。――

さて、話柄を戻そう。古来、酒場は男と女のドラマが演じられる舞台であった。

そこでは限りなく数多くの人間模様が演じられ、小説や詩や句歌に描かれ、詠まれてきた。

しかし、これまでそのようないかなる傑作であっても、酒場で演じられたドラマを、書き切った、詠みつくしたということは決してないだろう。

永遠に涸れることのない泉のように、なお新しい男女の物語を、ドラマを、今日も酒場は生み続ける。いや、そればかりではない。酒場とは、男だけ、女だけという孤独なドラマが、おのずから演じられるトポスの力を秘めた場所でもあるし、孤独を吸収してくれる場所でもある。

「液体は霊をはこぶ」と、詩人の大岡信は詠《うた》ったけれど、この液体こそが〝美酒《スピリッツ》〟なのであろう。そしてスピリッツを媒介にした酒場の地霊が、彼にも、また彼女にも、不思議な作用をもたらすのである。酒の起源は神酒《おみき》であった。

たとえば。

延々十年余りをかけ糸を紡ぐようにして書き続けられた連作短篇は、『夕暮まで』という大人の味と秘められた匂いのする魅力ある中篇小説となった。一九七八年、吉行淳之介の五十四歳の円熟期の作品である。吉行は、夕暮が、すなわち黄昏どきが、ことのほか好きだった。作者の分身と思われる中年の小説家・佐々と、初々しい女子学生・江守杉子との奇妙な不倫関係の物語であるが、酒場と美酒と、さらに常識を超えた房事の展開に眼が離せない。簡潔で抑制のきいた文体は、今なお魅力的である。

そしてさらに、すでに古典と言ってよい作品を、一作挙げるならば、吉行淳之介よりも、ひとまわり年上の大岡昇平は、見事な酒場小説を書き残した。これも大人の味が色濃く漂う作品で、『花影』という美しい題名を与えられている。

男がなぜ銀座に行き、酒場に沈殿するのか。なぜ、いつもの同じ酒場に行き、同じ酒を飲み、同じ女性を相手にし、同じ話をするのか。そんなことも含めて、とても人間臭い、やや思弁的な男女の愛憎劇を仕立ててみせた。発表はすこし前で一九六一年だったが、『野火』を書いた硬派の小説家の柔らかい傑作だけに、その時代、江湖の話題を独占した。

このような大人の風格を持った小説家諸氏の作品が、酒場と人の世の日常とのかかわりに光と影を与え、それが身近で月並であることによって、かえって大きく人生が見わたせるという遠近法に気づかされる。多くの人々はそうであろう。

そこから、今回、モティーフを得た。歳時記を繙《ひもと》くように酒場の人間模様を、時代をさかのぼって落穂ひろいし、さらに季節感が漂うアンソロジーをまとめられたら、そこに何が見えてくるだろうかと想像力を逞しくした。すでに八年ほどたってしまった。

今回、古くは子規、漱石から、寺山修司、大沢在昌、村上春樹まで、近・現代の作家たち二十八名に照準を絞ることにした。中でも半数の人たちは、おもにPR誌「サントリークォータリー」編集長時代に、わたし自身もお会いしたことのある文人たちである。

小説家がたむろすバー、詩人や歌人が立ち寄る酒場、さらにバーよりも小料理屋が好きな俳人が即吟の一句を口ずさんだスタンド割烹もある。文人たちに敬愛をこめてささやかに綴ってみたのが、二十八のこの断章である。酒を嗜《たしな》む快楽と〃酒仙〃たちの足音を聞きながら酒場に心を寄せる気分とは、どこかでつながっているのだろうか。

さあ、黄昏。舗道が濡れていようとも、夜の帳《とばり》がすっかり降りる前に街へ出よう。酒を愛した酒場の達人、あるいは苦労人たちの境涯に思いを馳せて一杯のグラスを傾けよう。

二十八の断章は、敢えて酒場の季節感を懐かしみ、歳時記のスタイルで構成した。

◉目次

「夏」行旅と憧憬――短夜の酒場

「秋」漁火が流れる――身に沁む酒場

「冬」風の夜のフーガ――寒に入る酒場

カバーイラスト／柳原良平
装丁／坂川栄治＋鳴田小夜子（坂川事務所）
編集／富永虔一郎　組版／水谷イタル

「春」花園の思想——おぼろ酒場

春酒場──永井荷風と新橋汐留

靴先にしたゝる酒や夜半の春　荷風
冬の夜を酒場《バー》で夜ふかす人の声　同

荷風の文学は、すべて〝俳文〟で成り立っている。俳句はレトリックのエッセンスである、という言葉を夏目漱石が遺《のこ》したと寺田寅彦は伝えているが、これを実践して小説を書いた近代作家こそ、当の漱石と荷風だと言ってよいかと思う。必ずしも極論を述べているのではない。紅葉も露伴も、また、芥川龍之介や室生犀星、瀧井孝作、永井龍男なども、むろん挙げるべきだろうが、色合いが違うように思われる。

ここに掲げた荷風の発句《ほっく》二つ、その酒場の情景に空気の違いはあっても、隣り合う季節、どこか通じるその場の様子が目に浮かぶ。そしてそれぞれの句の背景には荷風らしい物語が隠されている。

初句は大正十五年三月の作で、「靴先」は、むろん荷風自身の靴ではない。友人の関秀一がダンスをした折に履いていたものだ。そんな情景を、絵をよくする荷風が描き、題として一句したためたと言われる。「したゝる酒」とあるからカフェでのひと幕であろう。

二句目は、季語が「春の夜」であったとしても荷風の発句らしさを醸すが、しかし、「冬の夜」だからこそ、荷風は外に居て酒場を詠んでいながら、逆に裏路地の森閑とした冷たい気配が心を捉えるのだ。発句の冴えが見える。この一句は農学者の実弟永井威三郎宛ての書簡にしたためられている。荷風は威三郎には女性問題でも眉を顰《ひそ》めさせた。明治三十六年の作で、新橋辺りでのことであろう。「冬の夜を酒場で夜ふかす人の声」──一読してこの句、明治、大正、昭和、平成と世は移り、人は変わっても、酒場の光景は不易ということであるようだ。昨夜のことのように思われる。

さて、隅田川を越えて両国の江戸東京博物館で大がかりな永井荷風展が開かれたのは、もうひと昔前のことだ。図録には平成十一年四月とある。当時を、ふと思い出した。

「永井荷風と東京」展と題された会場を一人めぐっている間、わたしの脳裡には、これらの掲句《けいく》が浮遊している。展覧会は盛況で、荷風ファンがこんなに多いことに驚く。その後も、荷風の展覧会は神奈川近代文学館などで開かれていて、その都度出かけているのだが、両国での展観の印象がなぜか強い。それは俳句で辿る荷風文学の軌跡という試みがあったからだった、と今にして思う。

数々の俳句を揮毫した自筆短冊や、よく知られている荷風撮影の写真と俳句を組み合わせた展示のおもしろさが、強い印象として残ったのだ。たとえば、当時の東武線・旧「玉の井」駅構内の写真に一句が題《ネーム》として掲げられている。

遠みちも夜寒になりぬ川むこう　荷風

とあり、写真には「たまのゐ」と読める、今はその名も消しさられた墨東の駅名表示が見えるのだ。まさに荷風が隅田川を越えて出かけてゆき『濹東綺譚』に書いた遊里であり、深く馴染んだ〃私娼窟〃だ。その頃の言い方で「川むこう」と呼ばれたあたりの湿気を含んだ空気が会場から漂ってくるようだった。――

また別のある日のこと、荷風についてこんなめぐり合わせがあった。

唐突な話だが、句歌にも造詣の深い詩人・堀口大學との邂逅と言った方がよいかもしれない。大學先生が文化勲章を受章された翌月だったであろうか。いずれにしても、戦争中の荒廃したやり場のない気持ちでいた荷風の姿を偲ぶ挿話を聞くことができたのだ。

一九七九年の秋の一日、葉山の堀口邸に行く道が渋滞して、約束の訪問時間をすこし遅れてしまっていた。堀口邸が近いなと思った時、車のフロントガラス越しに、和服姿の老人が立っているのが見えた。渋滞で焦り気味の運転手が、

「あのご老人が立っているお宅ですかね……」と同道のNクンと、思わず顔を見合わせと呟いた。「しまった、先生を待たせちゃったナ」と同道のNクンと、思わず顔を見合わせた。「老人は気が短い。待てないのだよ」とは、この日の堀口邸訪問をお膳立てしてくださった大學先生の友人の応用微生物学者・坂口謹一郎博士の訓《おし》えだった。ちょうどひと月ほど前、目黒区鷹番の坂口邸を訪問した折、

「ぜひ、堀口さんのところへ行ってごらん。教えられることが多いから」

と、坂口先生はその場で、堀口邸へ電話をかけてくださった。時に坂口謹一郎八十二歳、堀口大學八十七歳である。戦中戦後の一時期、上越高田へ疎開していた頃からの親しい間柄だった。お互い短歌にも通じている。

かくして、雑誌『サントリークォータリー』に、かの「月光とピエロ」の詩人・堀口大學の詩を一篇掲載できることとなった。そんな縁で、この日は大學先生の詩稿を頂戴することになっていた。――

二階に通された。書斎なのか居間なのか八畳ほどの和室である。和机の脇に長火鉢があって、鉄瓶が湯気を立てている。茶道具が一式、黒い鎌倉彫らしい盆に置かれてあり、先生が自ら煎茶を淹《い》れてくださる。

「昔を思い出すことが多くなってね。詩の題は〈父の遺訓〉としました」

と言いながら、先生は詩稿を手渡してくださった。すぐ拝読した。

色々あったと思うが／大方は忘れてしまったが……
一生お好きだったのは／詩と酒と／この二つ／長いご一生の
始終のこれが／好伴侶だったようです……
――大學よ／どこの国のどの酒も／皆うまかったが／でもやはり／造物主が
人間の酒の原料として用意したのは／やはり葡萄だったと思ふよ……」
――『サントリークォータリー』第４号、「扉の詩」１９７９年11月

二十六行の詩の一部である。ワイン賛歌とも読める。奔放な言葉づかいと父親に対する独特の敬語がユニークで、大學先生の最晩年の名吟であろう。外交官だった父・九萬一《くまいち》への敬意が伝わってくる。若き大學は慶応義塾を中退して、転任する父とともに、メキシコ、ブラジル、ベルギー、スペインなどを転々、長い海外生活を送っている。そこでフランス語を身につけた。この体験が外遊生活の先行者・荷風への敬慕の一念となった。荷風はアメリカ、フランスなど五年にわたる海外生活で、文学的な多くの果実を持ち帰っている。
この日、大學先生は、坂口謹一郎紹介の〝珍客〟として遇してくださり、まあ、ゆっくり

していきなさい、とばかりいろいろ貴重な思い出咄《ばなし》を聞かせてくださった。

その一つ、日本ペンクラブの副会長として、時の会長・島崎藤村に仕えていた頃のこと。大學先生は藤村が相当に苦手だったらしい。藤村は氷のように冷たい人で「先生は僕がお好きでなかった。いや、嫌いであられた」とはっきり言われたので驚いたが、あとで読んだ「藤村回想」という先生のエッセイで、さらに詳しい事情を知った。赤裸々に当時の藤村嫌いの気持ちを綴っておられる。

いささか意外な藤村との関係だったが、もう一つ戦時中の荷風についての経緯《いきさつ》は、高名な文人の実生活がほの見えて興味深かった。荷風の知られざる一面を伝えている。堀口大學は荷風の『断腸亭日乗』にも何ヵ所か登場しているが、この時の話はまだ調べていない。ただ、荷風が歌人吉井勇あての書簡の中で、汐留の三十三間堀の「鈴本」という待合茶屋に出かけていることを書いており、大學先生も、そこで荷風に会っていたことがわかる。

「新橋の近くの三十三間堀に待合茶屋があってね、荷風先生の行きつけだった」

という前置きをして、大學先生は話された。「鈴本」とは言われなかったと思う。

「もう、空襲が始まっていた時期でね。街は暗くて寂しいんだ」

と、回想モードの話が続く。

「僕が行くと先生が一人座敷の柱に凭《もた》れて茫然としている。荷風先生はお酒をほとんど飲まれない。先生は六十六歳だったけれど、待合へは通うんだな。僕は五十三で、先生よりも十三も若い。それに飲む方だからお酒をいただきながら、時々、先生と言葉を交わす。その部屋のなげしには、先生が揮毫された唐詩のやや大きめの扁額が掛けてあった。しかし、どこか寒々としていてね」

この茶屋も、今度空襲にあったら危ないというので、貴重なものは疎開させはじめているということだった。そこで、思い立って、

「先生、この扁額をわたしがお預かりします、いや、わたしにください、と言ったかな。先生は、あなたがずっと持っていてください、とおっしゃった。それがこの扁額です」

と、大學先生は、その方へ視線を向けた。立派なものだった。荷風が何を揮毫したものだったのか、肝心の詩句を思い出せないが、この時期の荷風の心情は伝わってくる。（大學先生ご令嬢のすみれ子さんに一度お尋ねしたいと思っている）

この扁額については、専門家の間では知られているかもしれないが、わたしはそのことよりも、むしろ空襲が迫る汐留三十三間堀の待合茶屋で、孤独に耐えている荷風のもとを訪ねる堀口大學の荷風敬慕の気持ちに打たれる思いだった。そして、日がとっぷり暮れてから、この日ようやく堀口邸を辞去した。

佐保姫――丸谷才一の八十八句

佐保姫もこんなずんどう酒のびん　　玩亭
桜桃の茎をしをりに文庫本　　同

「玩亭」は丸谷才一の俳号だ。文人俳句には艶美《えんび》な趣味ばかりでなく独特の飄逸《ひょういつ》な味わいがあり、余裕の技ではあろうが、どこかおのれの壁を突破しようとする意志がほの見えておもしろい。

現代作家の中でも丸谷才一は、俳句を詠む粋なセンスを持つ文人であった。古希を迎えた年に句集『七十句』（立風書房・一九九五年）を出して話題となった。俳諧の人なのである。評論や翻訳、純文学小説からユーモア・エッセイまで一流の仕事をこなし、小説家の石川淳や詩人の大岡信などとの連句集（歌仙）を本にしていることなどを見ても、旺盛に文人趣味を愉しんでいたように見える。

春を象徴する佐保姫の句について触れる前に、二番目の桜桃の句を見ておきたい。ただしこちらは季語としては「夏」である。

親しみの持てる一句だ。いかにも書評の〝名人〟だった丸谷さんらしい。とは言うものの、この句は解説などなくとも、誰にもわかる経験を素直に作句したものだ。「さくらんぼ」と言った方が親しみやすいけれど、茎（柄とも言うだろう）がついた光沢のある紫紅色の美しい粒は可憐でさえある。

江戸時代には本来の桜の実を「さくらんぼ」と言っていたようだけれど、今、わたしたちが食べているのはチェリーであってヨーロッパが原産地。明治時代に果実とともにその苗木も輸入されはじめたという。六月になると山形あたりの特産のさくらんぼが果物店に並ぶ。初夏の風物だ。そう言えば丸谷才一は山形の産であった。

さくらんぼはその茎を手にとって食べはじめると、止まらなくなるくらい、酸味のある独特の甘さが美味しいことは、誰もが経験しているだろう。作者は、推理小説であろうか、何か夢中で文庫本を読みながらさくらんぼを食べているのである。そして本を置く時に手にしていた茎を思わずしおり代わりにしたというのだ。

さて、冒頭に挙げた一句にある佐保姫とは、春をつかさどる女神のことだ。春霞を織りなす美しい神格化された女性である。春を感じる夕べ、丸谷は好きなウイスキーを味わいながら、掌の中のボトルがずんどうであることに、ふと気がついたのであろう。佐保姫という連想が働いて、「そこで一句」というわけで、口をついて出たのが掲句であったに違いない。しいて「ずんどう」という〝軽み〟を感じさせる肉感的な語彙を、大胆に使った心意気が感じられる。

丸谷は平成十二年十月、八十七歳で他界した。小説、評論、翻訳、連句、それに軽妙なエッセイなどで知られ、酒や酒場が好きで銀座や新宿のバーにはよく出没した。男のファンだけでなく、女性ファンもまた多かった。フランス文学者の鹿島茂氏は、中学時代に、歯医者の待合室で女性週刊誌の丸谷の連載をはじめて読んで虜になったと書いている。映画化された作品（たとえば『女ざかり』）もよく知られているし、時代の風俗を細密に小説に書き込むワザの冴えた小説家だった。

仕事の関係で、わたしは丸谷才一と、一時、頻繁に銀座あたりに出かけていた。そんな時、カウンター席で飲んでいても、太字の万年筆を取り出して紙のコースターに、思いついた句をさらっと書いて遊んだのは丸谷だった。

気うつりに酒のみ残す桜かな

こほる夜や焚火に向ふ人の顔

これらは江戸の古句だろう。わたしはその時に書かれた句のコースターを今も持っているが、丸谷は、みずからの発句を書くことはなかった。万年筆の青いインクの色がすこし滲んでいたが、おかしなことに、こんな時にも旧かな・旧字体を崩さない丸谷流だった。

座談の名手であり、文壇の会でもいつも上座に押しあげられる存在だったが、傍にいる相手を疲れさせないどころか気遣いの人でもあったと思う。わたしは編集者だった時期に、丸谷才一と山口瞳との対談集『男の風俗・男の酒』（ＴＢＳブリタニカ）などを担当したこともあるが、独特の〝社交〟術にはいつも感心させられたものだ。

丸谷は七十歳の時、句集『七十句』を上梓したと書いたが、八十歳の時は、うっかり句集を出し忘れた。没後、子息の根村亮氏によって丸谷才一句集『八十八句』が遺句集として文藝春秋から出されている。しかし、これは非売品で、偲ぶ会の出席者などに送られたという。

それにしても、採録された発句の数は百四句もあって、表題通りでないところが、遺句集であることはわかっていても、どこかおかしい。冒頭の佐保姫の発句は、「春」の項の第二句目にある。ご自身もお気に入りの作だったのだろう。それに作句にあたって、敢えて低徊趣味、月並風を否定しないのだ。子規が月並句ばかりでなく連句まで否定して、第一句目の発句だけを「良し」としたことも含めて、丸谷は厳しすぎたと見ていたのではあるまいか。子規派ではなく、漱石派だったのだと思う。

ページ切るそして酒飲む夜学かな

焦げ目まで褒められてゐる雑煮かな

これも丸谷の作である。月並であるが、生活感があってよい味が出ている。漱石も「永き日や欠伸《あくび》うつして別れ行く」(明治29)というような、日常の人づき合いの滑稽さを詠みこんだ月並句があって、こんな漱石風を丸谷は高く評価していた。とにかく漱石は小難しい俳論は書いていないが、本気になって俳句に取り組みはじめた頃からの実作が素晴らしい。句境の幅と深さは、文人俳句の域を超えているのである。たとえば、「菫《すみれ》ほどな小さき人に生まれたし」(明治30)という句があるかと思えば、絶唱「腸《はらわた》に春滴《したた》るや粥の味」(明治43)という凄い一句がある。これは大患後の作だが、「修善寺日記」には「骨の上に春滴るや粥の味」となっている。

漱石の菫の句は、軽みと飄逸味が感じられるけれど、粥の味の句は、危うく命を取りとめたあとの作だけに、深い陰翳と、それでいてどこかほっとさせてくれる中で、死と隣り合わせの凄味が迫ってくる。このいわゆる修善寺病中吟のあと、漱石の小説の作風は内面的にぐんと深まったと弟子の小宮豊隆が指摘している。この時期の作句は、漱石俳句の最高峰だと丸谷は高く評価している。

プロの俳人という言い方はおかしいが、文人俳句と書いた行きがかり上そう書くのだが、丸谷は、いわばプロの俳人の森澄雄との相性も良く、親しかった。澄雄宗匠が開く結社の俳句大会に来て、丸谷自身が俳話を講じたこともあった。当時、わたしは澄雄師の結社『杉』の同人だったので、その講演を聴いているけれど、芭蕉の「虚に居て実をおこなふべし」という俳句の有名なセオリーについて語った。

さしずめ「佐保姫」の一句は、芭蕉のこの訓えの通りと言ってよいかと思う。丸谷は、ゆっくりウイスキーを賞味するという自在な境地、つまり「虚」にいながら、「実」という常《じょう》住《じゅう》坐《ざ》臥《が》の日常的な実感、この場合はボトルをずんどうと感じたことだが、それをたくまずして、佐保姫という季語を措《お》いて一句に詠み込んだのだ。実はこうした仕立て方こそが、丸谷文学のおもしろさの核心であったのだと、今にして思われるのである。

句集『七十句』から、もう二句を選んでおきたい。

藁《わら》しべで契《ちぎ》るあはれさ目刺かな

ばさばさと股間につかふ扇かな

二句目は、いささか下世話な句ではあるが、自分の所作ではないと新聞のインタビューで断っている。俳句は基本的に一人称の文芸だから、これは丸谷自身のことと思われてしまう。ちょっと危ない。酒場あるいは身近な居酒屋での光景だったのであろうか。

丸谷才一は酒を愛し、酒場通いが好きで、なおかつ酒と酒場についての薀蓄《うんちく》に詳しい文人であった。酒場をめぐる小説の中の場面も印象的で、またエッセイも多く、おもしろい。記憶に残る名文がある。締めくくりとして引用しておきたい。

《酒が好きな人のなかには、酒についての文章を愛読する人がかなりゐる。彼らは、酒を飲みながら酒について語ることの延長として、あるいは模倣として、あるいは前祝ひとして、酒について書かれた文章を読むのだろう。──》

というくだりである。アンソロジー『酒と酒場のベストエッセイ』（ＴＢＳブリタニカ）という古い本の帯に載っている一文だ。なるほどその通りだ、と思う人は多いに違いない。むろん、単行本未収録の、今や貴重な〝断章〟なのである。

夕ざくら——久保田万太郎と打ち水

したゝかに水をうちたる夕ざくら　　万太郎

桜を切り花としてゆっくり眺めた経験はあまりない。やはり桜は、咲いているままの姿を見るのが美しいと決めているからだろう。だがそれだけに、見事な活花《いけばな》となった桜に出会った時の印象は、逆にしっかり記憶として残っている。

今、久保田万太郎の掲出の一句を目にして、ふと銀座のあるバーのことを思い出した。四月の夕暮れ時の、まだ開店前の酒場でのことだった。

入口の老舗《しにせ》を感じさせるがっしりした扉の前を、年輩のバーテンダーが慣れた手つきで打ち水をしていた。わたしは声をかける。

「打ち水……、ですか。そうか、今日は暑かったからね」

「あ、いらっしゃいませ。そうなんですよ、外は暑いうえに埃っぽかったでしょう」

と彼は口早に言った。そして、

「ですから……。まあ、お入りください。もう結構ですよ」

と手招きして、扉の方へ顔を向けた。

わたしは開店前のバーが好きだった。この日もまだ陽のある時間だった。扉を身体で押すような格好でバーに一歩入ると、そこで思わず目を見張った。入口の近くに枝ぶりのたしかな桜が活けてある。一瞬、「おや?」と思った。

そして「これは見事な桜だな」と、呟いていた。

「ようこそ、今日も早いお越しで」

と氷の塊をアイスピックで砕きながら、真っ白なバーコートを纏《まと》った若いバーテンダーが声を掛けてきた。

ダスターでこしこしと何年も磨きこまれたのであろう、古いけれど艶々したカウンターの脇には、すでに棚から取り出されたウイスキーやリキュールのボトルが置かれてある。いつでもスタンバイできるようになっていた。

だがバーに客は、まだわたしだけである。こんな光景がアメリカの推理小説のシーンにあったな、と思った。

若いバーテンダーは忙しくならないうちにと、まだせっせと氷を砕いている。時計の針が止まってしまったような空気のたちこめたあたりには、すこし前にセットされたのであろう有線放送のモダンジャズが静かに流れている。

壺に活けられた大ぶりの桜は匂うばかり、眩《まぶ》しいばかりだったが、店内は依然として来客はない。そんな酒場に、小窓から晩《おそ》い春の夕日が差し込んでいるのだった。

氷砕く酒場《バー》の音ある夕ざくら　　寅比古

その時、こんな句ができた。

寅比古は俳号で、一句は拙《つたな》いがわたしの嘱目吟《しょくもくぎん》（即興吟）である。上五は字余りとした。万太郎の一句と並べるとは、いかにも不遜の極みであるが、まだ客のいないバーはそんな雰囲気を醸し出していた。——


ところで万太郎の掲句に戻ると、これはいかにもこの作者らしい発句である。「したたかに」と詠み出すあたり、万太郎でなければ出せない気分だろう。これこそ独特の万太郎調である。酒場の匂いもある。しかし、わたしが連想したように、この句は銀座あたりの酒場や路地で詠んだ発句ではなかった。万太郎は、この句を日暮里で詠んでいたのである。

自宅前の路地であろうか、春の夕暮れ時、たっぷりと打ち水をして、歌語でいう「夕桜」のきわだった美しさに讃嘆しているのである。万太郎だからてっきり酒場か、待合茶屋かと思った。

したゝかに水をうちたる夕ざくら

どこか華麗さが感じられる。この一句は「水をうちたる」で複雑な余韻を残していて、句としてはいったん切れている。この「切れ」の働きこそが、「夕ざくら」の楚々とした美しさを強調する効果となっている。

切れは「けり」とか「なり」ばかりではない。切れているようには見えないが、切れている、これが万太郎調の「切れ」だ。そして「水をうちたる」という中七は、「夕ざくら」を修飾してはいない。これが俳句の文法というものであろう。

久保田万太郎は、幅広い分野で活躍した文人である。小説家、劇作家、俳人として知られてきた。俳号は暮雨、のちに傘雨。一八八九年、浅草生まれ。慶応義塾大学に学ぶ。荷風や龍之介から教えを受け、在学中に『三田文学』に小説「朝顔」を発表して、万太郎は学生作家として知名度をあげている。小説家の水上瀧太郎と同世代で、『三田文学』でも一緒だった。「春泥」「大寺学校」(戯曲)「花冷え」などが代表作。早くして芸術院会員となり、文化勲章にも輝いている。浅草や銀座を舞台とした小説や戯曲でも、万太郎調は爛漫の開花を見せ、俳句でも結社「春燈」で大きな実績を残し、弟子も多い。

これまで万太郎の句碑をいくつか見てきた。鎌倉の瑞泉寺には「いつぬれし松の根方ぞ春しぐれ」があり、浅草の生誕の地、旧称田原町三丁目の駒形どぜう前には、三社祭の折の発句「神輿まつまのどぜう汁すゝりけり」の碑がある。そして有名なのが吉原神社の狭い境内にひっそりと建てられている句碑である。現在の千束三丁目だ。

この里のおぼろふたたび濃きならむ　　万太郎

いかにも遊里のうら寂しさが出ている。荷風など文人たちも通ったであろう料亭「金村」があった通りのはずれにひっそりとその神社がある。

万太郎は社交家と言われたが、性格的にはどこか酷薄で、とくに肉親に冷たい人だったと言われた。書きにくいけれど最初の妻は自殺、再婚の二まわり年下の若い妻ともうまく行かなかった。六十八歳の時に六十歳の赤坂伝馬町の一子という名妓と内縁関係となるが、まもなく、一人で赤坂福吉町の俳人・稲垣きくの持ち家に転居している。きくのは言うまでもなく、万太郎の俳句結社「春燈」の弟子で、鈴木真砂女とは好ライバルの、妖艶な句風で知られた女流だった。

不運だったのは昭和三十八年五月六日の午後、万太郎は病を得た稲垣きくのを、花束を抱えて慶応大学病院に見舞ったあと、梅原龍三郎邸で開かれた「明哲会」に出席し、そこで食べた赤貝の誤嚥《ごえん》によって気管を詰まらせて命を落としたことだ。なんとも悲惨な事故であった。きくのを見舞って、何かを感じ、魔がさしたのだろうか。稲垣きくのの病室を辞去して、ちょうど三時間後のことであったという。

自らの死の前年、最晩年の生活をともにしていた一子が脳溢血で他界した。万太郎は一時呆けたようになっていたというが、その年の銀座百店会の忘年句会に出席した。やっと賑やかな場所に出られるようになっていた。そして席題の一句を詠んだ。

湯豆腐やいのちのはてのうすあかり　　万太郎

万太郎の代表句としてよく知られている。まるでさし迫った死を予感しているかのような絶唱（絶叫?）と言ってよいだろう。一世一代の名吟である。カリスマ的な芸域に到達しながら、生来の酷薄な性格のゆえか、肉親との縁が薄く、この面では薄幸な文人だった。享年は七十四である。

紅灯緑酒――植草甚一と本牧夜話

大盃落花も共に呑み干しぬ　　鳴雪

植草甚一と谷崎潤一郎。関係がないようでいて、この二人は根っこのところでつながっている。一つの発見とも言えようが、結論的に言えば、ともに江戸東京にこだわるモダニストだったというところであろうか。だから活躍したジャンルや作品の質こそまったく違うとはいえ、今も新鮮でおもしろいのだろう。

生涯を通じて映画好きだった谷崎潤一郎は、大正九年横浜に新設された大正活映会社の脚本部顧問時代に自作の映画作りにもかかわっていた。その頃、横浜に住んでいて、それがきっかけとなって書かれた戯曲『本牧夜話』は、日活京都スタジオで映画化されたが、原作の冒頭におかれたト書きには、こんな描写がある。

《セシル・ローワンのサンマー・ハウス。――前景に美しい芝生のある庭。それに臨んで赤ペンキを塗った和洋折衷の平屋建ての一棟。下手後方に背の低い小松が二・三本植えられ、その向こうに生垣がある。垣根の外は砂浜の道路ですぐ海に続いている。家は両側にヴェランダがあり、そこのガラス障子が開け放されていて、庭の方から室内全部が窺がわれる。……》

いかにもエキゾチックな都市、港ヨコハマの住居の光景である。このサマーハウスは、谷崎潤一郎が大正十年頃住んでいた横浜本牧の家を描いたものと言われている。異国情緒とモダンな感覚が伝わってくる。

ところが今度調べてみると、谷崎が実際に住んでいたという本牧（小港）の家も、そしてこの台本に描かれている「サンマー・ハウス」も、隣は「キヨホテル」という、当時もっとも賑わった〝チャブ屋〟（おもに欧米人の相手をする女給のいるあいまい宿）であったという。後年、代表作『痴人の愛』を書くきっかけともなる出来事がいろいろあったところなので好事家の間ではさまざまに語り伝えられている。――

さて、本題は植草甚一である。東宝に勤めて、字幕の翻訳や映画のパンフレット制作をやりながら実績を重ねていた。映画評論をはじめ、ミステリーやジャズについての批評を書いて、戦後、一九六〇～七〇年代に一大〝植草甚一ブーム〟を出現させた個性豊かな才人である。〝ファンキーおじさん〟とか、映画マニアの「J・J氏」とか言われて、甚一の書くものは絶大な人気を博した。一流新聞や若者雑誌に書きまくった。一五一センチ、四五キロの短躯痩身の紳士だったが、ベストドレッサー賞に輝いたダンディーでもあった。

そんな甚一は若い頃から谷崎潤一郎に格別の関心を持っていた。谷崎はデビューと同時に悪魔主義というレッテルを貼られ、西欧的なダンディズムと異国趣味の味わいのある耽美的な小説が永井荷風から高く評価された。その上、谷崎には下町風江戸趣味があって、同時にそれが新奇なモダニズムを感じさせる傑出した作風につながった。甚一にはそこがたまらなかった。後年、植草甚一が下町散歩にのめり込んだのは、人形町あたりをよく歩いていた谷崎潤一郎の〝明治的散歩術〟を、作品を通じて見習ったという背景があったからだと語っている。(『ぼくは散歩と雑学が好き』一九七〇年)

ところで昭和八年、植草甚一はワセダの理工学部建築科を授業料未払いで除籍になった。谷崎潤一郎が進学した一高受験に二度失敗し、ワセダに補欠入学したのだったが、演劇にうつつを抜かしていた。同じ学部の友人荒井武夫の世話で、どうにか九段下の映画館の主任助手になる。時に二十五歳。しかし、これが一種奇人と同義語でもあった異才の人「植草甚一」誕生のきっかけとなったのである。

ツキにめぐまれて、二年後の二十七歳の時に東宝宣伝部の社員となる。輸入映画の宣伝文案を書き、各種の調査を行ない、同社文芸部長のゴーストライターまでやって認められた。この時期に淀川長治、清水俊二、飯島正、さらに米国の五大映画会社の一つだったＲＫＯの鈴木冷人らを知る。業界に顔が売れはじめ、おまけに東宝の上司や外国映画会社の日本支社の仲間から、バーやカフェなど夜の巷の嗜みを教わったのもこの頃だった。

ある日の暮方、仲間の鈴木冷人が「おい、ヨコハマへ遊びに行こう」と話しかけてきた。いつもと違って、彼はわざと「ヨ、コ、ハ、マ」とアクセントをつけて意味ありげに言う。

「ヨコハマか。本牧なら行ってもいいな……」

「そうだヨ、チャブ屋へ行くんだヨ。初めてだろう?」

鈴木は甚一を小馬鹿にしたような口調である。彼の横浜通いは有名だった。

「本牧の小港にキヨホテルというのはまだあるかい。ぼくは名前だけは知っている。谷崎潤一郎が、その隣に住んでいたことがある。大正時代に横浜の映画製作会社の脚本部顧問をやっていたころだ」

「どうしてそんなことをあんたが知っているんだい?」

鈴木は怪訝《けげん》な顔をした。

「谷崎潤一郎はね、明治十九年日本橋蛎殻町《かきがらちょう》の生まれだ。ぼくはその隣の小網町。明治四十一年の生まれ。子供の頃、谷崎の生家のしょぼくれた印刷屋の前をよく歩いた。年齢はずっと上だが、彼も没落商人の息子だった。作品はまるでマゾヒズムだ。谷崎の本はほとんど読んでいる。きみは『少年』という短篇を知ってるかい。ぞくぞくするぜ……」

その夜、甚一は鈴木冷人に案内されて、円タクを飛ばして横浜の本牧に行った。運転手は二円のところを一円にまけてくれた。東京へ帰る客が必ずつくからだという。昭和十六年春の出来事である。（太宰治は昭和十一年、短編「狂言の神」で、かつて二円払って円タクを飛ばして、「本牧のとあるホテル」で遊んだと書いた。時代の空気が伝わってくる）

期待した「キヨホテル」は昔のままであった。大震災でも崩壊せずに生き残っていた。むろんホテルとは名ばかりで、外国人居留地時代から続いているダンスホールと酒場がついた俗に言う売春宿だった。昔はハウスと呼ばれて、本牧小港地域を中心に住宅地に分散して六十軒ほどあったらしい。「キヨホテル」があったところから徒歩で二十分ほど離れた高台の本牧緑ヶ丘に旧制三中があった。学制改革で新制の県立横浜緑ヶ丘高校になったが、甚一のこの時代からほぼ二十年後、わたしはその高校に通っていた。だからそのあたりの土地の様子が、今なお、おぼろ気ながら甦ってくる。

甚一の年譜（高平哲郎編）を辿ると、果たせるかな、彼はチャブ屋が病みつきになっている。明記されてはいないが、「キヨホテル」だったと思われる。そこは小説家や映画関係者がよく出かける〝店〟だった。年譜からすこし引用しておこう。

《一九四一年（昭和一六）三三歳。ユニバーサル映画のスーパーを初めて手がける。一本六〇円で、その後、約六本手がけた。〈東宝に入った頃は、街合い好きの主任とよく遊びましたが、ぼくは、あまり芸者遊びは面白くなかった。相変らず、玉の井、南千住……東京中の商売女とばかりだったので、素人との付き合いは全然ありませんでした。新宿の三軒ははしごもやってみました。（中略）昭和一六年、ＲＫＯの鈴木冷人に、横浜のチャブ屋遊びを教わったら、これが、ヤミつきになっちゃった。暮のボーナスを貰って、そのまま正月まで居続けたんです。〉……》

自伝から本人の証言が引かれているユニークな年譜である。

甚一は、年譜で目についたので念のために書いておくと、「昭和二一年、三八歳で、幼稚園の先生をしていた姉の隣の家にいた現夫人梅子さんと見合結婚」、自伝のどこかに「子宝にはめぐまれなかった」とあった。

それはそれとして、今度、図書館で目にとまったのが、「キヨホテル」と店のナンバーワンの美妓「お浜」の当時の人気ぶりであった。新聞の花街通信欄や、谷崎や江戸川乱歩も寄稿していた雑誌『新青年』（一九二〇年～一九五〇年）などにもしばしば登場している。江湖の若い読者のための〝情報欄〟には絶好のニュースソースだったに違いない。むろん甚一は、そんなことぐらい先刻承知だったし、店のナンバーワン「お浜」とも、多分、無縁ではなかったであろう。

ひるがえって考えてみよう。植草甚一とは何者であったのか。一つヒントがある。それは丸谷才一の一文だ。

「植草さんの生き方は話がひどくはっきりしてゐて印象が強烈である。有無を言はせない」（「あり得べかりし植草さん」より。一九七八年）。この指摘は考えさせられる。

甚一がまだワセダの学生だった頃、演劇仲間が西條八十《やそ》から声を掛けられたというので、建築科で一緒の中村四郎を伴って、当時から有名な不良詩人だったサトウハチローの『浅草』の出版記念会に出かけたことがあった。桃の花の季節だった。なぜかよくおぼえていた。

場所は上野広小路の「紅葉軒」で、銀座の「黒猫」「タイガー」と張り合っているほどの有名なバー。甚一は初体験で、印象的な出来事だった。赤い酒、青い酒を飲んだ。詩人や文士はいいな、と思った。

出席していたエノケン（榎本健一、俳優・コメディアン。「日本の喜劇王」と呼ばれた。一九七〇年、六十五歳で没）にサインをして貰った。

夕方、すこし酔ったまま新宿に戻ってから、武蔵野館前で私服の刑事にアカい学生という嫌疑をかけられてなぐられた。その日はいろいろあったのだ。

さらに書けば、老成していた中村に誘われて「吉原へ行こう」ということになった。これも初体験。昭和五年、二十二歳の春のことだ。楼を出てから、大門の近くの酒場でかなり飲んだけれど酔わなかった。

正岡子規が漢詩を学び、添削して貰っていたという江戸生まれの伊予松山藩の俳人、内藤鳴雪の一句、気に入って暗唱していたが、これが身に沁みた。

大盃落花も共に呑み干しぬ　鳴雪

甚一は感傷的な気分になっていた。これは今の自分にピッタリの気分だと思った。そして、前年の暮に読んだ武田晃訳のヴァン・ダイン『僧正殺人事件』の感動を思い起こしていた。すでに映画狂いの前に、甚一のミステリー狂いは始まっていた。それでいい。自分らしく自由に生きようという気持ちが湧いてきた。この日に、戦後の一世代のミステリーファンにとっては〝神様〟であった「植草甚一」が生まれたのだ。そして、モダンジャズ狂いがまた、一九五七年、『映画の友』への「モダンジャズを聴いた六百時間」の連載をきっかけに始まった。

蓮根の穴――吉行淳之介の銀座

一升の濁れる酒に眼を据えし
蓮根の穴はここのつありし　　淳之介

（短唱――「懶惰《らんだ》」より）

吉行淳之介のスタイルであろうか。饒舌や過剰をどこか警戒している気配を感じる。後年、座談の名手と言われ傑作対談集も数多くあって、銀座の文壇バーでは花形文士でありながら、むしろその場では寡黙を通している。吉行の小説は、厳格に寡黙な筆致を貫き、簡素とさえ言える文体で、男と女の風景や情感を綴る。

余計なことはいっさい書かない。削りに削った言葉で詩を書いているような方法である。むしろ省略の効果を愉しんでいるかのようだ。冒頭の詩（俳諧風とも言える）は、二十歳の春の吟詠で、これで完結している。まさに俳句的。それに蓮の穴は、たしかに九つなのである。実物を目にしての嘱目吟であろう。そして季語は、実は夏なのである。

艶福家としても知られる小説家吉行淳之介の生き方のスタイルに通じているのだろうか。いっぽうで吉行は酒場での情景を、さらりとひと筆書きする小説家なのだ。


《馴染みの酒場に佐々は一人で入っていった。

スタンドにすわって飲んでいると、園子が近寄ってきて、隣の椅子に腰をかけた。

間もなく、園子は佐々の傷に気づいた。まだなまなましく血の色を滲ませた二本の条《すじ》が、左手の甲に並んでいる。

「ずいぶんハデね。夫婦喧嘩なの」

「いや」

「猫なの」

「猫は飼っていない」

「あら、色っぽいのねえ」──》

（『夕暮まで』第五章）

語と語、言葉と言葉の関係の構成に気遣っているような、曖昧な気分を排除して、むしろ情緒がまといつかないような表現を試みる。馴染みのバーのママとのやりとりですら、最小限の言葉しか使わない。「あら、色っぽいのねえ」などと女に言わせながら乾いている。

じっさい酒場での吉行は饒舌ではない。

いつも同じ表情をしている。遠藤周作や開高健がしきりにお得意のジョークを連発して、座を盛り上げていても、表情をすこしやわらげて見ているだけである。

こんなことがあった。

その時、開高は熱弁も虚しく、座の中にいる女性たちが自分のジョークに反応せず、笑い声一つあげないのを、あきらかに憤慨している。

「開高のジョークはね、立派すぎるのだよ。理屈で笑わせようとするからナ」

吉行はこの程度のことは言う。そしてそれでもなお、吉行は開高の酒場ジョークが好きなのだ。たとえば、開高のこのジョークの〝名作〟はおもしろいか。開高が真顔で小咄を始める。

〈モスクワで……。

一人の男が書店へ入ってきて、『男は女の支配者』という本はどこにおいてあるかしらと尋ねたら、店員がそっけなく、空想小説ならとなりの売場ですと答えた〉

ややゝ、知的な捻りは効いているだろう。

酒場の女性には、こうした捻りはむろん受けないだろうが、吉行はニヤリとする。この時も開高は女性たちのショボイ反応にいささか傷ついた。

しかし、そんなことにめげるはずもなく、開高はジョークにますます入れ込んで、小咄は男の小道具とばかり『食卓は笑う』（新潮社）という本まで出すありさま。

開高の「動」、そして吉行の「静」はいい取り合せとなる。すっかり気が合って連続して六夜も対談した時期がある。それで生まれたのが『美酒について』と『街に顔があった頃』という二冊の対談集だ。今も書店の新潮文庫の棚に並んでいる。全六夜を通して司会はわたしがつとめた。（『サントリークォータリー』で連載）

吉行の父親エイスケ（本名栄助）は岡山の名家の出身。昭和のはじめ頃、モダニズムの小説家として華やかに活躍し、詩を書き、モダンな都会小説『女百貨店』などで知られていた。仲間には慶応義塾大医学部に六年もいて中退し、小説家になった「魔子」ものの龍胆寺雄《りゅうたんじゆう》がいて、よく遊び、よく書いたという。小説家としては〝変種〟であろう。（人生遊戯派を自称していた龍胆寺雄に、わたしは実際に逢うことができた。一九八五年十二月、神奈川県中央林間にあった龍胆寺邸を訪問したのである。当時、八十四歳。最後の機会だった。三時間ほどインタビューに応えて貰った。『サントリークォータリー』23号に「豊かな都市風俗がいっぱい──甦るモダニズムの遺産」と題して掲載した。一九二〇年代から三〇年代の文壇事情が興味深く語られていた）

途中でこの二人は、それぞれの事情で筆を折り、エイスケは株屋の世界に入り、龍胆寺はサボテン栽培の大家となった。どこか昭和の闇が漂っているが、淳之介の作品にも、新興芸術派の中心にいたこの二人のモダニストの技巧的な作風を感じさせるところがある。

母あぐり（本名安久利）は百七歳と長寿だったが、父エイスケは昭和十五年、三十四歳で急死した。淳之介は十六歳だった。のちに若死にした父を題材にして三つの短篇を書いている。父の小説は一度も読んでいないと書くが、詩からは影響を受けたとしている。

淳之介も生来病弱で、腸チフスに罹り、アレルギー体質の症状には生涯つきまとわれていた。そのうえ二十八歳で結核を発病、三十歳（昭和二十九年）になった時に東京近郊の清瀬病院で左肺区域切除の大手術を受けている。同じ病院で大手術を受けた昭和を代表する俳人石田波郷が、やはり肺結核を病んでいて、同二十五年まで同じ病棟に入院していた。その年、波郷は三十七歳である。

今生は病む生なりき鳥頭　　　波郷

これを絶唱と言っても過言ではあるまい。波郷は還暦まで生きられず五十六歳（昭和四十四年）で没している。淳之介は還暦を過ぎた昭和五十九年頃からは、アレルギーで苦しみ病臥する日が多くなった。その年の十二月には武蔵野日赤病院へ入院して右眼の人工水晶体移殖手術を受けている。

七十年の生涯に吉行淳之介は、全十七巻、別巻三（講談社）と、没後に全十五巻（新潮社）の二つの個人全集を残しており、病弱を乗り越えて執筆にはげんでいることがわかる。野間文芸賞を受賞し、一時代の風俗現象にまでなった名作『夕暮まで』は、四十代から五十代にかけて、十年以上も断続的に連作した作品で、主題のぶれない堅実な創作姿勢を維持し続けた小説家だった。

男と女の不可思議な〝関係〟を描いて、通俗に陥らずに、見事な遠近法で惚れ惚れする小説に仕上げる手法は吉行淳之介の独壇場であった。『夕暮まで』は、いわば通俗的な処女性の追求が主題と見られているが、そうと見せて、実は男と女の関係を、性を媒介にして極めて抽象的に乾いた手法で探求している。俗に言う悪所通いを重ね、娼婦の世界を題材にした『原色の街』や『驟雨《しゅうう》』で出発した淳之介は、しかしなおその世界に耽溺するのではなく、風俗を超えて人間の精神と肉体の関係を〝性というドラマ〟にのせて描ききった小説家だった。

先に引用した場面に登場する『夕暮まで』の主人公、中年の小説家である佐々は、微妙な肉体関係にある二十二歳の若い江守杉子に、彼女の尖った爪で、血が滲むほどに左手の甲を二条傷《ふたすじ》つけられたのだった。それは若い女が複雑な心理に揺さぶられて、じっとしている男の手の甲に、力をこめて傷をつけていくシーンであり、先に引用した酒場の場面はその後日譚ともいうべきくだりである。

性にまつわるアンビバレント（愛憎両面）の心理は、こう表現しなければ描けない。どこまでも簡潔に、硬質な文体を維持して、小説により永遠のテーマの深淵の姿を、うら悲しく、かつリアルに表現したのである。

冒頭の短唱「蓮根の穴」のように眼を据えて——。

洋酒天国――山本周五郎と間門園

扇にて酒くむかげやちる桜　芭蕉
詩あきんど年を貪《むさぼ》る酒債《さかて》かな　其角

その頃から、すでに山本周五郎は、気むずかしいことで知られていた。

昭和六年一月、二十八歳の時、東京郊外の馬込文士村に定住した。現在の南北の馬込、山王地区にあたる。ある日、兄事していた『人生劇場』の作家・尾崎士郎から、周五郎は「曲軒」と字名《あざな》をつけられた。尾崎士郎は、この文士村の中心的な存在だったが、何事にも一途でどこか頑固なところのある周五郎を文芸雑誌の原稿の中で「曲軒なり」と紹介した。周五郎は尾崎士郎から、特別に目を掛けられていたのである。

「周五郎さんは夏でもね、仕事場の雨戸をぴしっと閉めきっていた。電灯をつけて原稿を書いていたんだよ。まあ、斎藤茂吉は蚊帳を吊ってその中で歌を詠んでいたというから、人それぞれだな」

と話す尾崎士郎の声はやさしかった。私が学生時代、尾崎邸に早稲田大学新聞の原稿依頼で伺った折にそんな話をしてくれた。当時、尾崎先生は、お元気で健筆を振るっておられた最晩年。いっぽう世相は、安保闘争などで混迷を極めていた昭和三十五年だった。尾崎邸には度々伺って、多くの話を聞かせていただいたけれど、周五郎についてのエピソードからは、ともかくもいろいろの奇癖を持った敬愛すべき作家の姿が髣髴として浮かんできた。

文士村には関東大震災以降、川端康成をはじめ小説家はもちろん、室生犀星、三好達治など詩も俳句も、そして小説も手がけるという多才な文人や、脚本家でプロデュースもやる今井達夫、画家の小林古径、田澤八甲（私の知人田澤恭二氏の父）なども住んで活躍していた。周五郎の小説発表の舞台の広がりも、俳句との接点も、馬込文士村に定住したからこそ生まれたと見てよいであろう。クラシック音楽の楽譜が読めるようになったのも、同じ住人で作曲家の石田一郎と一緒に、ラベルのレコード『ダフネスとクロエ』を聴きながら、彼の指導を受けたからだった。

周五郎は同五年十一月、土生《はぶ》きよ以と結婚した。二十七歳だった。わずか二ヵ月ほどではあったが、鎌倉の南腰越《こしごえ》に住んだ。（周五郎はなぜ当時、かなり不便な腰越に仮住まいしたのか。五年十一月といえば、二十二歳の太宰治が、銀座のカフェの女給と、腰越小動《こゆるぎ》神社裏海岸で心中事件を起こしている。女性だけが死に、太宰は自殺幇助罪に問われたが起訴猶予。生涯、太宰治に強い関心を持ち続けた周五郎は、何か意図があってここを選んだのではないか、と、わたしにはその理由《わけ》が気になるのだが……）

早くも翌年、一月十五日には、誘われるままに周五郎夫婦は馬込文士村に移住。生活費を捻出するために、今井達夫などの紹介で、『譚海』や『少女世界』に精力的に書きはじめた。文士村の住人からは多くの刺激を受けた。はじめは少年少女向け作品を書いていたが、そんな折にも、おもしろさを出すために物語の展開の手法についていろいろと工夫を重ねていた。

ある時、「これは！」と閃いたのが、江戸元禄の俳人、芭蕉の高弟でもあった宝井其角のことであった。酒好き、女好き、江戸堀江町に寛文元年に生まれ、元禄を生きた早熟の天才だ。伊達なふるまいと新手法の発句、連句で周囲の俳人たちばかりでなく、京、大阪の俳諧師たちの注目を集め、目を瞠《みは》らせた俳諧師だ。早くからその異才ぶりを知られ、西鶴も一目おいていたという。周五郎は、其角をモデルにして、講談社の大衆誌『キング』（昭和九年二月号）に短篇小説『其角と山賊と殿様』を寄稿した。現在、新潮文庫（短篇集『菊月夜』）で読めるが、この作品はわずか十四ページ、掌篇小説と言ってよいものだ。俳諧仲間の服部嵐雪も、時の将軍家綱も登場させており、まさに其角と山賊と殿様の三題噺《ばなし》としても実に巧みに書いている作品だ。しかも「夢」をプロットに織り込んでいて斬新。

周五郎は、其角が十八歳の時に読んだ不気味な「夢」の一句、

夢と成し骸骨《がいこつ》踊る荻の声

を知っていたのであろう。曲軒山本周五郎のことである。この句こそ超現実的で、おそるべき想像力の産物ではないか。其角が登場するくだんの短篇では、周五郎は、生贄《いけにえ》用に捕らえた半裸の若い女を囲炉裏《いろり》から縄で吊して、その女を肴に山賊たちが酒を飲むという、やや残酷でシュールなリアリズムの手法を取り入れて描写している。むろん夢の中の出来事だ。それにしても「夢」を通じて「骸骨」の句と、次の一句はつながっているのだろうか。

霜を見る蛙は百舌の沓手《くって》かな

この句、同短篇では其角が苦し紛れに作った一句ということになっている。盗賊の頭領が、《「百舌の生贄にかかったので、蛙が霜に逢うというのだな、面白い」と盃をあげた》と描かれているが、よく読むと、どうやら季語がめちゃくちゃ多く、しかも蛙が霜を見るとはいささか苦しい発句とも思われる。しかし、其角とは、こんな発句を詠む俳諧師であったのであろう。周五郎の其角像である。

山本周五郎は初期の短篇で、このように其角を登場させて、文芸の香り高い見事なエンターテインメントをものしている。技法の上でも、素材の生かし方でも、純文学の辻邦生や吉田健一、さらに開高健が感嘆している通りである。「山周《やましゅう》さんは〝曲者〟ですぞ!」という開

高の声が、今も聞こえている。

ところで。

もうすこし山本周五郎について書いておかなければならない。

ここで私は先生と呼称を改めたい。山本周五郎先生の仕事場は横浜の西郊に位置する海岸にほど近い本牧の小高い丘の上にあった。間門園《まかどえん》と呼ばれており、草庵と言ってもよいような、うら寂しい佇《たたず》まいであった。どこか枯れ果てたという空気が漂う小さな旅館だった。多くの熱烈な読者を持つ国民的作家・山本周五郎の仕事場は、いかにも慎ましやかであった。作品の通り、と言えなくもない。

さてその日、小春日和の日が暮れかけようとしている、午後四時をすぎていた。

間門園の玄関で声をかけようとして、一瞬、緊張した。思い切って「ごめんください」とすこし大きめに声をあげた。同期入社のカメラマン薄久夫と二人である。まもなく和服姿の先生が出てこられ、仕事部屋に通された。先生のほかに誰の姿も見えない。この建物には先生しかおられないのだと思った。

八畳ぐらいの和室だった。

「今、今日の仕事を終えたので、飲みながら話をしよう」といきなり言われて、座布団を出してくださる。過日、訪問の趣旨をしたためた手紙を出し、さらに電話をして、やっとこの日の訪問の承諾をいただいたのだ。用件の仔細を改めて伝えるという雰囲気ではない。それにきっかけがつかめなかった。薄久夫は、革製の大きなカメラバッグを脇に置いたままで、機材に手を触れようともしない。山本周五郎の写真嫌いをよく知っているからだった。

「静かな落ち着いたお部屋ですね。お仕事のお邪魔ではなかったのですか……」とか、何か言ったような気がする。しかし、これが大事なひと言なのだ。

「キミ等は飲むのだろう――」と先生はいきなり言われた。

「一緒にやりなさい。ぼくは四時以降を飲む時間にしているんだよ。もう書くのはいいんだ。ウイスキーを牛乳で割って飲もう。うまいし、調子がいい」

仕事用の卓袱台《ちゃぶだい》のような大きな和机の脇には、サントリーの白札といくつかのタンブラーが丸い盆に乗っている。先生は冷蔵庫から牛乳瓶を出してこられる。

慣れた手つきでウイスキーのミルク割りを作り、すすめてくださった。

予想外の成り行きにいささか戸惑った。すぐに仕事の話はできないな、と思った。が、とっさに、このままお相手をさせていただこう、原稿依頼を断られたわけではないのだから時間をかけよう、何日かかってもいい、と心に決めた。

ウイスキーのミルク割りを、その時はじめて飲んだ。想像したような妙な味ではなく、瞬間に、とてもうまいと思った。これなら二、三杯は飲んでも急に酔うことはないだろう。

先生はかなり大きなソニーのテープレコーダーを操作し、スイッチを押された。聴きなれたメンデルスゾーンのヴァイオリン協奏曲が鳴りだした。

「フランチェスカッティだよ」

「ストレス解消になるのですね」とか、妙な相槌を打った。

だんだん酔いがまわってくると、先生は饒舌になった。開高健の『裸の王様』について語り、その年に直木賞を受賞した山口瞳の『江分利満氏の優雅な生活』のどこが太宰治の作品と通じているかを語り、先生の話に引き込まれる。実は私が卒業した県立高校が横浜の本牧緑ヶ丘にあって、しかも先生の次女の康子さんは三年先輩だった。事前にそれを知っていた。女子美大の助手をやっておられたはずだった。そんな話をすることもできた。──

この日以降、夕方四時を狙って何度も先生の仕事場「間門園」通いをすることになった。不思議にいつも断られることはなかった。半年近くたっていたのであろうか、先生から、

「次回、口述するから、話を十枚ほどの随筆にまとめてほしい。最近書いた『小説の効用』という本があるから、これをよく読んで、ぼくの文章のクセを知っておいてください」

と言われた。ちょっと驚いた。写真を撮ってくれてもいい、次回はそのつもりでいるから、とさえ言って貰ったのだ。いつも一緒だった薄久夫もほっとした表情を見せた。先生の仕事場に通い詰めて六回か七回にはなっていたと思う。ウイスキーと牛乳のカクテルを飲みなが

ら、夕暮れの「酒場・間門園」で、ずっと先生の〝人生講座〟を拝聴してきたのだった。

山本周五郎の随筆『ブドー酒・哲学・アイスクリーム』は、『洋酒天国』一九六三年七月号に載った。好評で読者から何通も葉書が届いた。先生もご機嫌で、その上におまけとしてだろうか、朝日新聞などに掲載しているサントリーウイスキーの推薦広告に「角瓶」のことを書いてくださった。原稿は今も、会社に保存されているだろう。予期せぬ結果となった。

『ブドー酒・哲学・アイスクリーム』の冒頭を少し引用しておきたい。

《書きながら飲むということは、めったにしないが、酒とは親しいつき合いである。といって酒なら何でもいいというのではない。やはりぼくなりの好みがある。

若い頃からぼくは特別にブドー酒が好きだった。よくひとから、どうしてそんなにワインを好むのか、という質問をうけるのだが、特にむずかしい理由があるわけではない。その頃たまたま飲みはじめたブドー酒の酔い心地が非常によかったからである。

当時はフランスから輸入するにもたいそう時間がかかった。その上、船がどうしても赤道を通ってくるので、暑さのためよい酒はほとんど味が変ってしまう。だから、ぼくはその中でも専ら安いものを買ってきて飲むことにしていた。その方がかえってうまかったのである。ブドー酒を飲むというと、どうしても酒落て聞えるのでいやなのだが、ほんとうに好きというのは仕方がない。それにぼくの欲ばりだった。あるものはどうしても試してみたい。つまり飲んでみたいのである。テキラはまだ知らないが、これまで飲もうと思った酒はだいたい飲んだといっていいだろう。……》

こんなゆったりした調子の酒をめぐる山本周五郎の回顧談が、二段組で八ページ続くのだ。現在なお代表作がいろいろのかたちで刊行され続けている稀代の国民的作家である周五郎先生から、プロの編集者でもない入社二年目の若手宣伝部員が、何度も通って、お会いしているうちに、こんな形で原稿を貰うことができた。多分〝奇蹟〟だった。というのは、この仕事を上司として命じた山口瞳（当時、課長補佐）が、後年、『新潮文学アルバム・山本周五郎』に、その時の原稿依頼の件をエッセイの中で書いているのである。タネを証《あか》されたような気がしたが、すこしだけ引用してみよう。

《山本周五郎がＰＲ雑誌に随筆を書くわけがない。この仕事は、小玉武にとって、無理難題という種類のものであった。／「はじめに原稿を書いてくださいといってくれ。あとは何も言わなくていい。一週間に一遍ぐらい、近所まで来ましたから、通り道ですから、という感じで顔を出すだけでいい。余計なことをいうな」／私は、原稿に関しては、まったく期待していなかった。正直に言って、期待はゼロだった。……》

まだまだ文章は続くのであるが、ようするに、おまえは原稿が取れなくとも、空振りでもいいから、山本周五郎に会って、心を洗われるような体験をしてこい、ということであったのだった。私の山本周五郎への〝初仕事〟が、半年もかかっているのに、山口瞳がひと言も怒らなかったわけを、この一文で、あとになって知ったのである。

口述原稿に、山本先生が手を入れて出来上がった随筆を読んだ山口瞳はすごく喜んだ。おもしろい、ホームランだ、と書いている。そしてわざわざこんな要約を書き加えているのだ。

《その山本周五郎の原稿を読んで、私は笑いころげた。特に、なぜ自分は船に乗らないのか、それは不幸にして泳げるからだ。船が沈んだとき、向こうに島が見えると泳げるから苦しまなければならぬ。なぜ、飛行機に乗らないか。それは空中分解したときに掴るところがないからだ、という条《くだり》を読むと、いまでも笑いがとまらない。……》

山本周五郎は複数の出版社から何回も個人全集が出されているが、一九八一年から八四年にかけて、新潮社から全三十巻が出ている。決定版であろうが、この第三十巻に収載された随筆集『暗がりの弁当』の一篇としてPR誌『洋酒天国』に書いて貰ったこの随筆が入っている。図書館ではいつでも読めるだろう。新潮文庫にも収載されていたと思う。

なお、冒頭の二句は、同じ酒を題材にしても、周五郎が関心を持ったこの師弟はこのように世界が違うということを示したかった。

ひと口に言うと、其角の伊達、芭蕉の典雅、ということである。

「夏」行旅と憧憬——短夜の酒場

桜桃忌——太宰治と涙の谷

どぜう屋に足投げ出して太宰の忌　　吉田鴻司

太宰治本人が書いている通り、太宰自身大のつく酒豪で、銀座のバーをはじめ新宿や中央線沿線の駅前酒場の主《ぬし》のような存在だった。太宰がどぜう屋ならぬ鰻屋で飲んでいたという話を伝える作家や編集者は多いけれど、浅草の泥鰌屋《どじょうや》あたりも文士がよく出かける酒処だった。この掲句を詠んだ俳人も、ひときわ酒を、特にウイスキーを愛した文人だった。

いっぽう無頼派と言われ、一七五センチも上背《うわぜい》があって、いかにも飲めそうな織田作之助は、ウイスキー一、二杯で赤くなった。むろん太宰自身も、同様に長身（一七三センチ）で痩せてはいたが、壮絶に夜通し飲み明かすほどの剛のもので、飲みながら書き続けた無頼派を語る文士だった。

昭和二十一年十一月二十五日、銀座のバー「ルパン」でのことである。

ストゥールに胡坐《あぐら》をかいた太宰と、片や左足を脇の丸椅子にのせて飲んでいる織田作（生前からオダサクと呼ばれていた）を、それぞれ撮った林忠彦の有名な写真がある。

坂口安吾や檀一雄を加えて、無頼派について書かれた本や雑誌の口絵写真などで、読者の多くは見ておられるはずだ。織田作はその数十日後の翌年一月十日、芝の慈恵医大東京病院で凄惨な死を遂げる。太宰治も、その一年数ヵ月後にスキャンダルに塗《まみ》れて心中死した。敗戦後の混沌を、まるで生き急いだような二人の作家が、酒場で同席した偶然のワンショットだった。太宰の享年は三十九、織田作は三十四だった。──

太宰忌は、近年、桜桃忌として広く若者たちにも知られている。

六月十九日は特別な日となった。墓所のある三鷹禅林寺での墓前祭の法要は、毎年、新聞報道されているけれど、老若男女で盛況を極めている。太宰は昭和二十三年六月十三日に愛人山崎富栄と玉川上水で入水自殺し、同十九日に遺体が発見された。それから六十年余が過ぎた。平成二十年には、晩年の十年、住まいとした三鷹市に「太宰治文学サロン」が開設された。太宰の作品は世代を超えて広く読まれ、新潮文庫の売れ行きでは、夏目漱石を抜いて第一位で、『人間失格』は八百万部を超えているという。

それにしても桜桃忌、実に季語としても美しく可憐ではあるが、寂しげなひびきを持っている。太宰の短篇小説「桜桃」に由来して同郷の友今官一が命名した、と聞くとなおさらだ。

「桜桃忌は夏の季題、それは生きていることの深い悲しみを暗示しているようだ」と言った俳人があった。

太宰は作品「桜桃」にこんなことを書いている。

妻との諍《いさか》いのあと、一人行きつけの酒場に飛び込んだ。そこで酒と一緒に皿に盛った桜桃が出てきたのだ。太宰は電灯の下で円《つぶ》らにひかる桜桃をじっと見つめながらわが子を思うのだ。短篇の最後の場面である。

《私の家では、子供たちに、ぜいたくなものを食べさせない。子供たちは、桜桃など、見たことも無いかも知れない。食べさせたら、よろこぶだろう。父が持つて帰つたら、よろこぶだろう。蔓《つる》を糸でつないで、首にかけると、桜桃は、珊瑚の首飾りのやうに見えるだろう。……》

この無頼の父の心情を綴った文章に、誰も何もつけ足すことはできない。

けれどもこの作者は、なお最後の二行をこう書かないわけにはいかないのだった。

《しかし、父は、大皿に盛られた桜桃を、極めてまづさうに食べては種を吐き、食べては種を吐き、食べては種を吐き、さうして心の中で虚勢みたいに呟く言葉は、子供よりも親が大事。》——

ところで、小説的背景についてはともかく、桜桃忌は季語として今も愛好されていて、多くの俳人に秀句が多い。

身に触れて水に散る葉や桜桃忌　萩原季葉

水中にくもる白日桜桃忌　鷲谷七菜子

それにしても太宰治は、芥川賞を少なくとも二回取り損なっている。

昭和十年、短篇「逆行」が候補作となり、第一回芥川賞受賞という希望をつないだが、石川達三の『蒼氓《そうぼう》』に決まった。この落選した短篇は、のちに『晩年』に収められたが、川端康成の「作者、目下の生活に厭な雲あり」という私生活への批判が足を引っ張ったという。佐藤春夫にすがったが、第二回もダメ。第三回は最終候補にすらなっていない。しかし、村上春樹がこの賞を受賞していないことが、今、話題になっているところをみると、これは特筆すべきことでもないだろう。太宰治が芥川賞にこだわり過ぎたような感じさえする。

ただ、太宰治は、十六歳の時から、ずっと愛読し続けてきた芥川龍之介を特別に敬愛していた。『芥川龍之介全集』は生涯手放さなかったという。太宰初の単行本『晩年』は、龍之介の処女作『老年』にヒントを得た作品だ。

龍之介が自殺したのは、昭和二年七月二十四日。そのすこし前、同年五月に龍之介は、改造社主催の北海道への文芸講演旅行の帰りに、東奥日報の招きで弘前までやって来た。この時太宰は十八歳、旧制弘前高校の学生だった。

龍之介の講演を会場の片隅で聴き、その上に文豪のナマの姿を見て大いに感銘を受けた。そして、その二ヵ月後に龍之介は死んだ。ショックは大きかったが、それだけになおのこと芥川文学に強く傾倒するようになっていた。

私生活を批判され二度も落選した芥川賞だったが、三度目には、太宰はそのボス的存在の川端康成に頭を下げて嘆願した。そんな思いをしてまでもなお、この賞が欲しかったのだ。

さて、太宰文学の底流には、俳諧趣味とその技巧が認められる。とくに龍之介の影響が顕著なのであるが、太宰の血の中には、五七五のリズムが生まれながらにして植え付けられていたという見方もある。太宰が生まれ育った津軽地方は、江戸時代から俳諧が盛んで、「周辺には年長の俳人が何人もいたのではないか」と太宰と同郷の田澤恭二氏（元戸板女子短期大学教授）から、わたしは以前教えられた。

考えてみると龍之介は、高浜虚子の教えを受けた「ホトトギス」派の俳人でもあった。澄江堂とは龍之介の俳号だが、死後、文藝春秋から刊行された遺句集『澄江堂句集』を入手すると、太宰はむさぼるように繰り返し読んだ。さらに龍之介が敬慕していた芭蕉の高弟榎本（宝井）其角（蕉門十哲の一人）を、太宰もまた十代の頃から愛読し、昭和三年に資文堂から出た『評釈其角の名句』（岡倉谷人著）を座右の書としていたほどだ。其角は、異色の人物で、江戸趣味、洒落風の技巧を弄するまさに都会派の俳人だった。

あの声でとかげ喰《くら》ふか時鳥　　其角
水洟や鼻の先だけ暮れ残る　　澄江堂（龍之介）
幇間の道化窶《やつ》れやみづつぱな　　朱麟堂（太宰治）

二句目の龍之介作は辞世の句である。太宰がそれをマネて作ったのが三句目。若書きの句だが、ここにも意外性を貴《たっと》ぶ都会風の江戸情趣といささかの頽廃趣味は感じられる。

「桜桃」という短篇の中で、太宰は「涙の谷」という面妖な言葉を、何度も登場させている。たとえば、作品の中の母は、こう囁く。

「この、お乳とお乳のあひだに、……涙の谷、……」

太宰はほんとうに言葉を巧みに操る名人だ。しかし、「涙の谷」は旧約聖書の詩篇八十四篇六にある。「かれらは涙の谷をすぐれども其處をおほくの泉あるところとなす　また前の雨はもろもろの惠をもて之をおほへり」（文語訳、一九七三年版）ということだが、わたしは「涙の谷」という言葉が聖書にあるということを早大教授八巻和彦先生に教えられた。「嘆きの谷」と思い込んでいたが、古い文語訳聖書を開くと、詩篇のその部分に鉛筆で傍線が引いてあった。昔、引いたのだろう。今、口語訳も「涙の谷」であった。

しかし、太宰が「涙の谷」と引用すると、散文にしてやはり詩篇のような韻が残るのだ。ともかく言っていることは、いつものこと……。つまりこれに尽きるけれど。

《生きるといふ事は、たいへんな事だ。あちこちから鎖がからまってゐて、少しでも動くと、血が噴き出す。》

そして、冒頭の一句に戻ってしまう。（鴻司師にわたしは教えを受けていたが、酒豪であり、かつ聖書にも精通した魅力的な俳人だった）

どぜう屋に足投げ出して太宰の忌

桜桃忌という郷愁をさそう季語でありながら、足を投げ出したくなるよう寂しさ……。そこに隠されている「生」に対する葛藤と嘆き、どこからともなくひびいてくる不協和音のような悲しみが、心を打つ。絶望の名人がここにはいる。

風鈴——村上春樹と幻住庵

風鈴のたんざく落ちて秋ふかし　　　春樹

しみじみとした風情を感じさせる掲句は、村上春樹の少年時代の作である。父との思い出にまつわるエピソードとともに、この小説家の創作の〝根っこ〟に深くつながる意味が含まれている。しかしながら、俳句の話はあとにまわして、まずは、かつてあった国分寺のジャズ喫茶&バー「ピーターキャット」のことから始めよう。その方が、村上春樹らしいだろうと思うのである。——

村上春樹が書く小説は実におもしろい。わたしの知るところで、世界三十七ヵ国で翻訳されていて、広く読まれている村上作品は、処女作『風の歌を聴け』以来、異色の作風と重いテーマを〝軽み〟で表現する見事なレトリックを駆使している。それが小説家の世界的な名声を築き、広く読者を獲得したことにつながっているのだろう。

ファンの間で「鼠三部作」と言われている『風の歌を聴け』をはじめ『1973年のピンボール』『羊をめぐる冒険』のうち、前二作は、主人公の行きつけの酒場「ジェイズ・バー」が印象的な舞台となって小説の世界を作っている。春樹文学の原風景だ。

さて、ジャズ喫茶&バー「ピーターキャット」を、実際に村上が国分寺に開店したのは、まだ学生だった一九七四年、二十五歳の時である。早稲田大学に入学してから、すでに六年が過ぎていた。留年を重ね、かなり苦しい頃だった。

文学部演劇専攻に籍をおいていたけれど、授業にはあまり集中できなかった。それでも三年生だった一九七一年、教室で知り合った高橋陽子と学生結婚をした。時に二十二歳。彼女は春樹より三ヵ月年上だったが、おそらく学年もクラスも違う女友達だったのではなかろうか。春樹より二年早く、七三年に卒業している。

結婚後しばらくは、文京区千石で蒲団店を営んでいた妻の実家で暮らしていた。すでに陽子の母は他界しており、義父と三人での生活だった。後年、『村上朝日堂』(一九八四年)で、こう書いている。

《いつまでも居候をしているわけにもいかないので、女房の実家を出て、国分寺に引っ越した。どうして国分寺かというと、そこでジャズ喫茶を開こうと決心したからである。/はじめは就職してもいいいな、という感じでコネのあるテレビ局なんかを幾つかまわったのだけれど、仕事の内容があまりにも馬鹿馬鹿しいのでやめた。そんなことをやるくらいなら小さな店でもいいから自分できちんとした仕事をしたかった。……》（「国分寺の巻」）とにかく、モダンジャズが好きだったし、ジャズに、すこしでもかかわる仕事をやりたかった。むろんそのうえにビールもウイスキーも、ジャズと同じくらいに好きだったのだ。

とは言うものの、学生の身分で開店資金はどうしたのだろう。

これもはっきりと、《僕と女房と二人でアルバイトをして貯めた金が二百五十万、あとの二百五十万は両方の親から借りた》と書かれている。準備をし、毅然とした気持ちで開店に踏み切ったことがわかる。

ちょうどその頃、わたしは国立や国分寺方面に出かけることが多かった。以前、上司であった小説家山口瞳の家が国立の東四丁目にあり、度々訪問していたからだった。そんな折、仕事仲間で一橋大ＯＢのＹ君に連れられて「ピーターキャット」に出かけたのだ。きっかけはＹ君が言った「国分寺駅南口のビルの地下に近ごろ開店したジャズ喫茶があるんですよ」というひと言だった。国分寺で二軒目という。

その店はあまり広くはなかった。

しかし、近辺にある一橋大や東京経済大の学生らしい連中が多く、彼らが醸し出す独特の雰囲気があった。スピーカーはＪＢＬのＬ８８だったような気がする。わたしもオーディオマニア、ささやかなモダンジャズファンを自認していたので、そんなところにも関心があった。

大き目のカウンターがあって、木製のテーブルと椅子。横浜の古いジャズ喫茶「ちぐさ」にどこか似ているな、と思った。夕方からはバーになった。店主《マスター》は、むろん、まだ無名の若者だったけれど、店の奥で目立たぬようにレコードをかけていた。

「ピーターキャット」は、開店から四年後の一九七七年、千駄ヶ谷の神宮球場まで十分ほどのところへ移転した。

さてここからが、村上春樹にとっての第二幕である。

神宮球場で霊感を得て書き上げたという『風の歌を聴け』は、翌七八年、講談社の「群像新人文学賞」を受賞するが、むろんその時、春樹は「ピーターキャット」の一マスターだった。その作品は芥川賞候補になり、丸谷才一や吉行淳之介には評価されたが落選。しかしアメリカ現代文学をよく消化した新風を呼ぶ小説と評判は高かった。翌八〇年に次作『1973年のピンボール』を発表して自信をつけるが、これも芥川賞は落選。気持ちを入れ替え、八一年に店を友人に譲って専業作家となった。（ここでちょっと注記すると、これも縁だと思われるが、数年後、作家としてデビューしたばかりの村上春樹氏に、わたしは何度か会っていて、創刊した企業オピニオン誌『サントリークォータリー』へ、フィッツジェラルドについ

ての連載を寄稿して貰った。現在、中公文庫の一冊となっている）

しかし忘れてならないのは、ジャズ喫茶＆バー「ピーターキャット」を経営した経験が、小説家村上春樹の大きな財産となったということだ。初期の作品では、とくにジャズとビールとウイスキーが、小説の世界で異彩を放っている。たとえば、次の引用である。有名な「ジェイズ・バー」のシーンだ。

《その夜、鼠は一滴もビールを飲まなかった。これは決して良い徴候ではない。そのかわりに、ジム・ビームのロックをたてつづけに5杯飲んだ。／僕たちは店の奥にある薄暗いコーナーでピンボールを相手に時間を潰した。（中略）しかし鼠はどんなものに対しても真剣だった。だから僕がその夜の6回のゲームのうち2回を勝てたのは殆ど奇蹟に近いことだった。

「ねえ、どうしたんだい？」

「何でもないさ。」と鼠は言った。

僕たちはカウンターに戻り、ビールとジム・ビームを飲んだ。……》

（『風の歌を聴け』24）

この場面は、40の断章からなる作品『風の歌を聴け』の、大きなヤマ場である。

断章で構成されたこの小説は、コラージュ風で、とても技巧的だが、実は村上春樹は、連句の付句をするように書いているのではないかと思った。アメリカ西海岸風の軽快な小説ではない。〝根っこ〟は日本の伝統的な俳諧のワザを生かしたプレ・モダン的手法の作品だとわたしは思った。どこまでも日本的にひびくのだ。

村上春樹は、情景描写をあまり好まないようだ。モノの存在を示し、登場人物の行動と会話を書いて、小説を展開させてゆく。モノとモノを取り合わせる俳句的手法（敢えて指摘すれば山口誓子が言う「二物衝撃」という技法）が感じ取れる。これも彼の〝芸〟だ。

ここではバーボンウイスキー「ジム・ビーム」と「ピンボール」が、登場人物の意識の流れの微妙な動きを、〝取り合わせ〟によって表現している。卑近なモノ同士だ。主観をジカに表現せず、モノに託している。煎じ詰めれば、芭蕉も其角も同様のことを行なった。

はからずも、そこに春樹における俳句の原体験を覗《うかが》うことができると思えたのだ。

冒頭の風鈴の一句は、先に書いた通り、春樹が小学校五年生の時の「文集」に載った作品からの引用である。

この時期に、春樹少年は関西の名門・甲陽学園の国語科教諭だった父に連れられて、生徒たちにまじって、芭蕉で知られた大津の「幻住庵」への吟行に参加している。八月、夏休みだった。中学生の中で一人だけ小学生。（父からは『奥の細道』や『方丈記』そして『平家物

語』の読解を、すでに教わっていた。父は京大国文科の出身だった）

幻住庵を、すこし詳しく見ておくと、近江石山の奥、国分山の中腹、近津尾《ちかつお》神社境内にあると、芭蕉は書いている。昭和十五年に再建されており、現在もなお存在する。出羽の国象潟《きさかた》の遠路の旅を終えて疲れ果てた末に、芭蕉は元禄三年の四月から七月まで、およそ四ヵ月の間、この庵に隠棲した。そして自分から公刊した唯一の俳文書『幻住庵記』を書き、自身の漂泊の境涯に触れて「一所不在」、「幻の栖《すみか》」の身を論じ、自由無碍《むげ》の境地で暮らす草庵生活を描写している。（『俳文学大事典』）そして『幻住庵記』の最終行に、この思いを込めて一句したためている。

先《まづ》たのむ椎《しい》の木も有《あり》夏木立　　芭蕉

まことに「幻の栖」同様の人の世にあって、まずともかくも頼む栖がこの椎の巨木のしたにある草庵なのだ、という安堵と諦観を詠んだ発句である。

春樹は、少年の頃に、これらの予備知識を持っていたに違いない。

だから、真夏の幻住庵での体験そのものが、後年、『方丈記』と重なってひびき合ったのであろう。「八月の庵――僕の『方丈記』体験」（雑誌『太陽』一九八一年十月号、単行本未収録）は、そのような秘かな思い出と動機があって書かれたエッセイだったのであろう。

つまりすでに少年時代に、村上春樹は「方丈記」に漂っている死生観を初体験していたのであった。その時、春樹は、句会の運座には入らなかったとあるけれど、暗い庵の縁側に一人座って、蝉の声を聞き、草深い庭を眺めていた時、ふと衝動におそわれている。

《死はそれまでの僕の生活にほとんど入り込んでこなかった。（中略）しかしその庵にあっては、死は確実に存在していた。……》

最晩年の芭蕉が隠棲した山の中腹の荒れ果てた「幻住庵」、そこで小学生の春樹少年が、生まれて初めて体験した決定的な「死」の予感だった。人は、その生涯のどこかで、確実に死を予感し意識する瞬間があるのだ。これは神仏ならぬ身には動かせない。

都会の若者の日常を描き、登場人物にアメリカ現代小説の主人公たちを思わせるテンポのいい会話をさせ、そしてストーリー・テリングのうまさ……。しかしながら、登場人物たちは死の影をまとっており、心の安定は見られない。

虚無と悲哀、崩壊と消滅のイメージが作品世界に空気のように漂っている。

作品が軽くて、明るくて、そして苦いのは、根拠のないことではない。村上春樹は少年時代、あの荒れ果てた八月の庵で、衝撃的に「無＝死」を体験してしまったのである。それこそが村上文学に捉えられた〝ニヒル〟の正体であるのではなかろうか。だから言えるのだが、村上春樹は、そこからの脱出を図ろうと煩悶している小説家なのである、と。

茉莉花――吉田健一の倫敦

夏の日や一息に飲む酒の味　　路通

今や懐かしい雑誌になってしまった。
文藝春秋から『諸君！』という保守系の月刊論壇誌が出ていた。『文藝春秋』を本誌とすれば、いわば姉妹誌と言ったところだったが、この版元らしく小説好きを愉しませるような、どこか一点光る企画を折々放っていた。その一つが、川本三郎氏が、カメラの樋口進氏と組んで長期連載した「昭和文壇実録　小説家たちの休暇」であった。（樋口氏は文春の写真部を開設して写真部長を務めたが、別の名を文壇の〝冠婚葬祭部長〟として知られていたそうだ。元文藝春秋副社長の新井信氏に確認したところ、どちらかというと事業部長的で、文壇にネットワークがあり八面六臂の活動をした人だったという）
たとえば。

ある年の何月号だったか、いかにもおかし気《げ》な小説家のポートレートと、さらに輪をかけたような、カメラの樋口氏自身のペンになる奇抜なキャプションに遭遇したのである。

《吉田健一。父は戦後の名宰相、吉田茂。「文壇の怪人」で通っていた。いくら酔っていても市ヶ谷駅終着の電車で帰宅。玄関では十数匹の野良犬がお出迎え。犬へのお土産はフランスパン。「イヒヒ……オーボワール……ウハハハ」家族は誰も出迎えず、玄関の奥へと消えていった。》

奇妙なポートレートとこの一文を読んで、一瞬、大笑いしながら、ページを捲《めく》ると、川本三郎氏がいつもの名調子で、

《酒をよく飲み、おいしいものをよく食べた。……》

と、吉田健一（一九一二〜一九七七）について、濃い目の味付けのプロフィールを書きはじめている。引用したいが脱線するので慎《つつし》んでおこう。だが、せっかくだからもうすこし書けば、この論壇誌は四十年続いて二〇〇九年に休刊する。そして、二〇〇〇年七月号からスタートした川本氏の連載は、五年の歳月を乗り越え、長期にわたる労作となった。

視野の広さと、読みの深さには驚かされる。稀代の小説家・吉田健一についての一文も出色のおもしろさであったが、その軽妙な人物批評は、どの小説家も、見事な切り口でデッサンされていて、その頃、毎号ページを開くのが愉しみだった。

第一回が永井荷風で、今、わたしが取りあげようとしている吉田健一が第四十八回。そして最終回の第六十五回が、小説家ではないが、なぜか江藤淳だった。後年まとめられて単行本になった時の掲載順である。雑誌の通りだと思う。

さて、以上でイントロダクションは終わり、ここからである。

吉田健一は倫敦《ロンドン》にカフェ・ローヤルという十九世紀半ばから今日まで続いている酒場があると「飲む場所」というエッセイで紹介している。むろん自分の〝酒場通い〟への導入部となるものだが、何度も出てくるカフェである。(『私の食物誌』中央公論社)

このカフェは、詩人、小説家、絵描き、新聞記者、医者に弁護士、いわば文化人、知識人のサロンだったようだ。パリのカフェの影響で生まれた酒場だと吉田は書く。まっとうな職業人が、ちょっと肩身が狭いと感じるくらい、芸術家、いわば高等遊民的な客に占められていたようだ。彼らは日の高いうちからやってきて、エールやウイスキーを飲み、シェリーを味わいながらおしゃべりをし、激論を交わし、旨いものを食べた。吉田健一も体験派だった。

これがのちの大酒豪と言われる吉田健一の酒場の原風景であったようだ。

吉田はケンブリッジ大学キングス・コレッジに通っていて、その頃、父吉田茂は外交官として活躍していたから、イギリス育ちのように思われている。が、彼は東京生まれで、それも千駄ヶ谷宮内庁官舎だったという。もっとも父の赴任先の天津ではイギリス人小学校に通っているが、短期間だ。九段にある旧制暁星中学を出てから、父の意向でケンブリッジに留学した。

従来、同校に一年以上は在学していたと言われていたが、最近の研究では六ヵ月ほどであったという。翌年、つまり十九歳で中退して日本に帰ってしまった。イタリア大使をつとめていた父は、健一が勝手にケンブリッジをやめたことを怒ったというが、その時の健一の動機は複雑だ。このあたりが、その後の健一の、他の作家には絶対に書けないような創作の原点、あるいは隠された〝謎〟と関連してくるのだろうと思われる。

世田谷の桜新町に住み、豪快で、かつ繊細、大酒豪の河上徹太郎と知り合い、河上を師と仰いだ。小林秀雄と同世代の河上は、ピアノを縦横に引きこなし、和洋の文学や芸術に詳しく、いわば独学に等しかった吉田健一に、酒道だけでなく多くの刺激的な和漢洋の知識を授けた。

昭和二十八年八月、健一は、河上徹太郎、福原麟太郎、池島信平とイギリスに出かけている。一ヵ月ほどであったが、真夏のロンドンは暑い最中だった。パブでエールを鯨飲した。ギネスは日本でも時々飲んだが、エールの痛飲はロンドンでこその味わいだ。酷暑に参っていた体力と気力を回復させた。

夏の日や一息に飲む酒の味

ふと、いちばん年上の福原麟太郎が、こんな一句を呟いた。芭蕉の弟子の路通の句であった。英文学者である福原は随筆家としても人気があった。含蓄のある文章で知られていた。この句、まさに彼らの実感と重なった。元禄の頃、浅草に住んで師芭蕉の薪水の労をとった路通が詠んだ一句という。福原は、何でも知っていた。もはや、今昔に意味はない。三百年も前の発句に詠まれた一杯の酒の味は、ロンドンの八月、パブで痛飲した一杯のエールの味と同じなのだ。元禄の江戸も今日と同じ。一杯の酒は時空を超越する。

カフェ・ローヤルでシェリーやワインを飲んだ。イギリス人はシェリーをよく飲む。わたしは『洋酒天国』を編集していた頃、吉田健一氏にお会いした際にシェリー酒談義を拝聴したことがある。わが国で、シェリーがちょっと流行する直前だった。

それはともかく、ロンドンから帰国後、健一は矢継ぎ早に〝飲食譚〟を書きはじめる。随筆風の作品もあれば、短篇小説と銘打ってまとめられている掌篇もある。この年のイギリス訪問の旅を素材にして、スコットランドの酒を愉しげに書いている。

《……カクテルは変な飲みものだと言っても、一杯や二杯なら飲めないものではない。昨年だったが、スコットランドのグラスゴーに行った時、河上徹太郎氏とホテルのバーに入ったら、そこのバーテンさんがカクテル作りの名人らしくて、一九二〇何年とかと一九三

○何年とかにバーテンの大会で、一等賞を貰ったという免状を二つ、バーの壁に掛けてゐた。／何しろ、ロンドンから方々の都会を廻ってグラスゴーに来るまでにブランデー、ウイスキーその他、リキュール酒の類は飲み盡してゐたので、二十年も三十年も前に作ったカクテルのことをバーテンが覚えてゐるかどうか解らなかったが、どんなのか聞いてみると直ぐに説明してくれて、結局、二種類とも、淡々たること君子の交わりのやうな味がして、旨かった。》

（『随筆 酒に呑まれた頭』新潮社）

この本が出たのが昭和三十年、B6変型判で、その初版がわたしの手元にある。このあとに小説集『酒宴』（垂水書房）が昭和四十一年に出る。本については、この際おくとして、吉田健一は、一人酒のよさを説き、酒の席には女性はいらないと書く。酒に集中したいのだった。吉田が、飲みはじめた時代には、日本にも女性が入ることを断わっていたバーがあったという。太宰治や織田作の小説を読んでもそんなバーは出てこないので不思議に思った。しかしそう言えば、わたしの体験では、客は男だけというバーが、ロンドンにはあった。吉田健一が飲み歩いた時代とはかなりズレがあるとは思うが。

それは仕事柄、わたしが頻繁にロンドンやパリに出かけていた時期であった。ある年の夏、ロンドンにしばらくいた時、その男ばかりの酒場に出かけていたことを思い出したのだ。大きくはない店で、半分がスタンディング・スタイルだった。

五時には開店していた。赤煉瓦の床には松のオガ屑が敷き詰めてあってしっとりとした香りが漂っていた。その香りに、いつも懐かしさを刺激された。そうだ、神戸の大震災の前に、折々出掛けた北野の異人館近くによく似たバーがあって、その店を思い出していたのだ。そのバーも、同じように床に松のオガ屑が敷き詰めてあった。

京都の美大を出た宣伝部のデザイナーO君がいつも一緒だった。彼はギターがうまい。バーの片隅には小ぶりのピアノがあって、脇にドラムスが邪魔にならないように置いてあった。常連客と、急ごしらえのトリオを組んで、ウエス・モンゴメリーの親指だけで弾くピッキングをまねて、O君独特のスタンダード「フルハウス」なんかを即興風にやって、客たちをよろこばせていた。

ロンドンのその酒場の名前は忘れてしまったが、その店には女性用の化粧室《トイレ》がなかった。パブではなくて、そんなバーが実際にあった。だから原則的に客は男だけ。女性客には、ご遠慮願っているということだった。わたしは常連ではなかったけれど、よく通った方だと思う。たまたまその夜、若い男女のカップルが入ってきた。

バーテンダーが、ミニ・スカートが似合ったその女客の顔を見て、低い声で、

「化粧室が……」

と、途中まで言ったが、女性の方が

「知っててよ、いいわ……」

と、バーの奥に据えられていた何脚かのストゥールの手前の方に座ってしまった。

連れの男は立ったままで、

「ウイスキー・ソーダを、二つ。ダブルでね」

と注文して、代金をカウンターにおいた。

わたしは一人酒を愉しむ異邦人の客として、スタンディング・テーブルに肘をつきながら、そんな彼らのやりとりを、見るともなく眺めていた。イギリス人女性を表現する時に使うのはやや憚《はばか》られるが、その晩、ロンドンのそのバーにやって来た女客は、小股が切れ上がった、と形容するしかない容姿の持ち主で、艶のある雰囲気を、薄暗い酒場の澱んだ空間の中に醸し出していた。

　夏兆《きざ》す女座れる酒場《バー》の椅子　寅比古

一瞬、こんな発句が、わたしの脳裡を掠《かす》めた。一人の若い女客が入って来た。空気の中に夏が兆した。バーが目ざめた。

女客を伴ってやってきた金融街シティーあたりで見かけられる長身の男は、ウイスキー・ソーダのグラスを手にすると、女の隣のストゥールに座りこんだ。彼は以前にも見かけた。常連客らしい。――

吉田健一は、このような光景は書いていなかったと思う。が、吉田さんの時代にこそ、こんな酒場が何軒かあったのではなかろうか。それにしても、なぜ男が一人、いや女でもよいのだが、一軒の酒場に通いつめるのか。

開高健は最晩年の小説『珠玉』でこう書いている。

《説明は言葉でできるか、できないかのようなものだが、しいて挙げれば、ストゥールのすわり心地と、カウンターが肘をどう吸いとってくれるか、だろうか。それが信号の第一触である。最初の一瞥である……》

私はこの一文が好きだ。人は居場所、あるいは胎内感覚を求めて酒場に通うと、開高健は語っている。椅子《ストゥール》は、座る人間のいのちを包容するシンボルとして存在している。

だから、夕暮れ。酒仙と言われた詩人、開高の畏友だった田村隆一は、こう詠んだ。

《針一本／床に落ちてもひびくような／夕暮がある／卓上のウイスキーグラス……》

人は、こうしてその日の彷徨を終えて、酒場のストゥールに心身を預ける。光と影の世界を生きているからであろうか。茉莉花が静かに香っている。

チェーホフ忌――寺山修司のサンダル

肩は男の酒場である／いつも誰かの手が憩う

掲句は、『寺山修司全詩歌句』（一九八六年）に掲載された『肩』という詩の断片である。酒場の〝真実〟をよく包み込んでいて、温かい血の通った見事なフレーズだ。そして、どこか人の心を慰撫《いぶ》するものがある。寺山は博奕《ばくち》に強く、ボクシングが好き、さらに強烈な想像力の鬼であった。激しい男だった。

ここで『肩』の全文を見ておこう。

肩は男の丘である／その彼方には過去の異郷がある
肩は男の防波堤である／いくたびも人生に船を見送った
肩は男の翼である／ひろげてももう飛ぶことはできない

肩は男の酒場である／いつも誰かの手が憩う
肩は男の水平線である／だが　もう鳥などは発たすな！
さらば　友よ

ヘミングウェイに『男だけの世界』という短篇集がある。寺山はそこまでは言い切っていないけれど、ここで男の人生を詠んでいる。「肩」に男の人生を仮託している。肩、つまり男は、丘であり、防波堤であり、翼であり、酒場であり、水平線でなければならない。そして、男は失意にあっても水の如く泰然自若として、酒場で憩う友と盃を酌み交わす……。

わたしは寺山に一度だけ会ったことがある。彼の死の十ヵ月前。一九八二年六月のことで、『サントリークォータリー』誌の巻頭インタビューでのことだった。

その日は、ゆっくり話を聞くことになっていたので、約束の赤坂某店で待っていた。寺山はトレードマークの黒地に波模様のシャツに、踵の高い突っ掛け《サンダル》を履いて、一人でふらりとやって来た。予約した部屋には編集部の森章枝が案内したのではなかったか。そのあたりのわたしの記憶は定かではない。寺山はもちろん手ぶら、身軽な出で立ちながらやつれた様子もなく元気そうだった。一七〇センチくらいと聞いていたのだが、初対面の寺山修司はずいぶん大きく見えた。梅雨の晴れ間の夕暮れだった。

「やあ、お待たせしました。今日は何でも聞いてください！」

と、風貌とは違って、寺山はとても紳士的で、親しみのこもった言葉で快活な印象を与えた。念のために書いておくと、サンダルの踵の高さは十センチほどもあったろうか……。

その夜、寺山はとても饒舌だった。まず彼自身が語った生い立ちを記しておこう。

「僕が五歳の時に父親が戦争に行きまして、十歳の時に戦争が終わって、父は戦死したわけです。それで、母親と僕と二人きりになったんですけど、母親が生計を立てるために、九州の米軍基地まで出稼ぎにいくわけですね……」

これが寺山の生涯の伏線になるのだが、孤独になった幼い彼は、友達を集めて探偵団ごっこをやり、ゲームを考案し、さらに壁新聞をつくり、クリエイティブな遊びに凝ったという。ところがある日、同級生に〝俳句をやるやつ〟がいて、寺山を書店に連れて行った。そして、『暖鳥』という雑誌に自分の名前が出ているのを、彼に見せたのだった。

寺山が俳句の投句を始めたのは、この時のショックが動機となったからだ。その頃から、山口誓子や中村草田男などの句集を読みはじめたという。――

寺山は一九三五年、弘前市紺屋町に生まれている。俳人、歌人、詩人、劇作家、演出家、そして幅広いエッセイや小説をものした文筆家として知られるが、そもそもは俳句によって、まず文学に開眼した郷里青森での少年時代があったのだ。

そういう初期体験があったものの、デビューしたのは、前衛歌人としてであった。寺山は早稲田大学教育学部国語国文科へ入学（山田太一と同級、大藪春彦とは学科が違うが同学部。わたしは三年後輩）。同大学短歌会（通称・わせたん）で活躍し、一年生十八歳の年、中城ふみ子の短歌に刺激されて、『チエホフ祭』五十首を作り、歌誌に応募して第二回『短歌研究』新人賞を受賞するのだ。歌壇は新鋭歌人の登場として大いに歓迎したが、若書きの自作の俳句をアレンジした作品も多く、俳壇からは批判を受けた。が、このスキャンダルが、かえって彼を有名にした。どのような作品だったのか。代表作を読んでみよう。

チエホフ祭のビラのはられし林檎の木かすかに揺るる汽車過ぐるたび　修司
莨火《たばこひ》を床に踏み消して立ちあがるチエホフ祭の若き俳優　同
桃いれし籠に頰髭おしつけてチエホフの日の電車に揺らる　同

歌の調べといい、主題といい、中井英夫など歌人の評価は高かった。しかし、俳句をやっていた寺山の短歌は、その影響が強く出ていた。極端なケースでは、以前作った自分の俳句や高名な俳人の句のもじり、引用があった。たとえば次の俳句である。

チエホフ忌頰髭おしつけ籠桃抱き　修司
母は息もて竃火創るチエホフ忌　同

この俳句と受賞作の短歌とは、よく似ているだろう。これらの俳句を〝下敷き〟にして作ったものと、批判されたのだ。さらに、俳句も中村草田男や橋本多佳子など大家の句の引用、盗用があるという指摘を受けた。

燭の灯を煙草火としつチエホフ忌　草田男
露けき中竃火胸にもえつづけ　多佳子

このように並べてみると、類似性の存在は明らかだ。しかし、歌人の間では、かえって言葉のモンタージュ、あるいは、モダンアートではよく使われる奇抜な効果を狙った〝貼付け〟技法であるコラージュとして見ることも可能ではないか、という肯定派も出てきたのである。

そしてこれが寺山芸術の〝原点〟となった。寺山修司だったからこそ、とそんな評価が生まれたのであろう。前衛的な手法として受け止められたのである。が、今も、肯定派、否定派は、相半ばすると思われる。

歳時記にはない〝季題〟だが、「チエホフ祭」は秋で、「チエホフ忌」は夏であろう。それにしても、チェーホフにイメージを重ねた味わいのある詩的な季題だと思う。たとえヴォキャブラリーを草田男俳句から借りたとしても……。

寺山は、一九八三年、四十七歳で死去して、すでに三十年以上になる。依然としてファンは多い。芝居が上演され、出版が続き、みんなが寺山を語っている。

この日は食事をしながらではあったが、〝寺山修司総まくり〟というつもりで話を聞いた。彼は三時間余り熱心にしゃべってくれた。食欲はすごく旺盛だったが、寺山は独り言のように、

「しばらくは、ビールもウイスキーもガマン、ガマン……」

と言って残念そうだった。

あとで知ったのだが、その店の牛のしゃぶしゃぶ鍋が、たいそう気に入ったようで、翌月、寺山は年老いた母上はつさんを連れて再来店したという。はつは修司にとって慈母であり、きびしい母だった。

夏盛り――松本清張の句嚢

栄太郎

北の旅海藍色に夏盛り

松本清張の小説が持つ不思議な力、それは冒頭からいきなり読者をその作品世界に引き込んでしまう言葉の力なのであろう。また、状況に合わせた表現への工夫が、文体に色濃く反映している点なのだろう。時に説明的な表現が気になることもあるが、たしかにこの作家が持つ社会性のある主題とともに、文体の独特の吸引力は大きな魅力である。一例として挙げるとこんな文章である。(わたしの好きな、夜のさびれた盛り場の描写なので、このくだりをしばしば引用している)

《国電蒲田駅の近くの横丁だった。間口の狭いトリスバーが一軒、窓に灯を映していた。十一時過ぎの蒲田駅界隈は、普通の商店がほとんど戸を入れ、スズラン灯だけが残って

いる》

『砂の器』

また同時に、夜の盛り場を歩く刑事の描写にあっても至って簡潔である。また別の作品から一例を示すと、

《その夜から自分は新宿の二幸裏から歌舞伎町界隈を歩いた。十時から十二時近くであった。この時刻が、飲み歩いている笠岡勇市を発見する可能性がおおかった。実際、そういう人種は沢山歩いていた。しかし、いかなる人間に見られようとも、自分は雑踏の中の旅行者《ストレンジャー》に過ぎなかった》

『カルネアデスの舟板』

「二幸裏」とは現在の「アルタ裏」である。ほんの一例だが、これが当時の社会派推理小説の代表的名作が、読者を惹きつけた文体である。『砂の器』は、昭和三十五年からほぼ一年にわたって、読売新聞に連載され松本清張の長篇としてよく知られている。

野村芳太郎監督の映画『砂の器』も、作品の雰囲気を尊重して、この導入部をはじめ、全体的に原作を忠実に描いていて好評だった。バーの名はトリスバー「ロン」となっていて、時代を感じさせた。映画の方は完成までは苦難の連続だったというが、大ヒットして清張映画

としても代表作となったけれど、原作の乾いた文体に比べると、映画の出来は抒情的で、かなりウェットだった。

さて、この小文の冒頭に掲げた一句については、すでに思いあたる人も多かろう。

この俳句の作者、すなわち栄太郎こそ品川署のベテラン刑事今西栄太郎なのである。この俳句は清張の作品にして清張作に非《あら》ずという一句だと言ってよいかと思う。

読み返してみると、この初期の大作『砂の器』では、俳句がうまく生かされていることに感心させられる。主人公の今西刑事が、俳句を詠んだり、句帖（清張さんは「句嚢《くのう》」と言う）を開いたりする場面が何ヵ所か設定されていた。

北の旅海藍色に夏盛り

この引用句は若手の吉村弘刑事を伴って出かけた秋田で、日本海を目前にして詠んだ一句だった。下五句が小説では「夏浅し」、映画では「夏盛り」なのである。映画化の時、清張が直したのだ。

ちなみに、季語の「夏盛り」は、歳時記ではすでに晩夏を指すとある。気象用語では「真夏日」と言うが、「盛夏」との間に微妙なニュアンスの差があるようだ。飯田龍太は「盛夏には健康で広やかな印象がある」と言っている。——

ところで、平成二十一年は松本清張の生誕一〇〇年にあたっていた。東京でも記念展が四月のはじめから六月七日まで、世田谷近代文学館で開催された。その後も全国各地を巡回しているが、私はさいわいにも、見逃すこともなく京王線芦花公園駅近くにあるその文学館の会場で、松本清張名で発表された一句にめぐりあうことができた。

畑打《はたうち》や山かげの陽の静かなる　　松本清張

はじめて目にした発句だった。この句は一読して、心になじむ風景を詠んだ名句の骨格があると思った。さぞ俳句三昧の手練の俳人の作かと思ってしまうが、この句、記名の通り、これまであまり見ることのなかった若き松本清張が詠んだ一句なのである。この回顧展で、若い頃の清張の日常が紹介されていて、仕事に明け暮れ、悩みを抱え、文学を志向する清張の姿をよく伝えていた。その知られざることの一つが、この一句だった。

実にこの句は、『朝日新聞句会作品綴』に掲載されていた伝説的な作品だったのである。昭和十八年、清張は朝日新聞西部本社（小倉市）に勤務していたが、その年はじめて参加した社内句会の第一回作品集に掲載された一句だった。

この時期、清張が朝日新聞社内の差別的な制度のもとで、いかに屈辱的な待遇に堪えていたかは周知の通りであるだろう。そしてこの句会の直後に、三十四歳の清張は教育召集で入隊し、朝鮮に渡るという節目の年だった。

そんな折の俳句が残っていたという〃発見〃だった。この発句の季語は「畑打」である。歳時記では、「畑打」は春の部の生活の項に載っている季語で、早春の頃に、冬の間手をつけずにおいた畑の土を耕し、打ち返す、種をまく準備を指している。古くは有名な句に、

動くとも見えで畑打つ男かな　　去来

があり、春おぼろの時期の、どこか静かな霞みのかかった景《けい》を読んでいる。去来の句にも、清張の句にもそうした春独特の、暖かい陽の中にあるアンニュイが、気分として詠み込まれているようだ。若い清張は、新聞社の広告部という多忙な業務の合間を縫って、一時の静寂を求めて郊外に出向いたのであろう。どこか余韻を感じさせる抒情性を帯びた句ではなかろうか。

今や都会では、郊外に出かけてもなかなか見られない風景だ。しかし、この一句は季語のひびきに懐かしさを感じ、牧歌的な遠景が心にしみる清張俳句の秀句に間違いない。ここでは触れる紙幅はないけれど、清張には『巻頭句の女』という佳作もある。俳句は清張作品の中では、度々、重要な役割を担っている。

松本清張（一九〇九～一九九二）の閲歴を手短に辿っておきたい。福岡県生まれ。小倉市・清水小学校高等科卒。父が米相場に失敗して、中学への進学を断念。電機メーカーの給仕、石版印刷の版下画工となり、この時期、八幡製鉄の文学グループと付き合い、『文芸戦線』や『戦旗』を読む。昭和四年、左翼弾圧事件の際には小倉署に留置されたこともある。

広告デザインに関心を持つようになり、同十四年、朝日新聞社九州支社広告部員となり、十八年に正社員となった。戦後、『週刊朝日』の懸賞小説に『西郷札』を応募して入選。二十七年に『三田文学』に発表した『或る「小倉日記」伝』で芥川賞を受賞、二十九年に東京本社へ転勤するが、三十一年に退社して作家活動に専念。

『張込み』『顔』『点と線』『目の壁』などを次々に発表して社会派ミステリーのブームを作った。『砂の器』を連載した同三十五年には合計七本の連載をこなし、翌年には新連載を含め二十二の作品を発表して驚異的な筆力を見せた。

多岐な分野にわたっていて質の高い作品が多く、巨匠と呼ばれるにふさわしい。没する前年にもイギリス、ドイツへの取材旅行に出かけ、その行動力は「怪物」的と言われた。平成四年、脳出血とがんのため死去、享年八十二だった。

没後六年にして、「松本清張記念館」を北九州市が、この偉大な小説家の業績を記念して設立した。一九九八年のことだった。

個人の小説家の文学館としては、屈指の規模と内容である。同市小倉北区城内に所在。昭和三十年代に使われていた清張の書斎、書庫などを再現、作品を六つのジャンルに分けて展示してある。館長は永年清張を担当した元文藝春秋編集者、藤井康栄さんである。閲歴は新潮日本文学事典を参照した。

黄昏——開高健とオガ屑の匂い

夏服や軽々として業にあり　　　虚子

《……淡くて華やかな黄昏はゆっくりとすぎていき、やがて夜が水のように道や、木や、灯や、人声からしみだして、大通りいっぱいにひろがっていき、いつとなく頭をこえ、日《ひ》蔽《おお》いを浸し、窓を犯し、屋根を消して、……》

散文とは思えないようなこの文章は、パリの酒場の夕暮れを捉えた描写である。開高健の『夏の闇』の主人公、離人症を病んでいる「私」が、一人道路に面した安酒場でドライ・マーティニを飲んでいる。一瞬の黄昏に小説家の思いがこもっていて、描写が終わらない。さらにピリオドなしの文章が、前文からこう続く。

《優しい冷酷さで空にみちてしまうのだが、そうなるまえにほんのわずかの間、澄明だが激しい赤と紫に輝く菫《すみれ》いろの充満するときがある。……》

小説家は、黄昏の中にいて、ひたすらそのときを惜しんでいる。だから、さらにこう続けないわけにはいかない。

《ほんの一瞬か、二瞬。気づいて凝視しにかかるともう消えている。きびしい、しらっちゃけた、つらい一日はこのためにあったのかと思いたくなるような瞬間である。……》

黄昏をこのように書く小説家がどこにいるだろうか。開高をおいてほかにいないだろう。酒場と黄昏は、取り合せとしては、普通である。むしろ平凡である。とくに衝撃はない。しかし、開高の捉える酒場と黄昏は、このように独特である。黄昏どきの、ほんの一瞬のために、しらっちゃけた、つらい一日があるのだと、開高は書くのである。小説に描かれた酒場のシーンとしても、出色である。

作品の舞台に酒場を取り込むことがうまいのはレイモンド・チャンドラーやアーウィン・ショーなどというアメリカの作家に多い。しかし、名作として読まれ続けている『夏の闇』をていねいに読みかえすと、こんな印象的なシーンを発見することになる。

むろん今や開高健ばかりでなく、わが国の小説家には、酒場のシーンを描く名手はほかにもいる。たとえば若者に人気のある石田衣良でも、数年前に他界したハードボイルド派推理作家の藤原伊織でも、スペインものがうまい逢坂剛でも、都会派小説の旗手・片岡義男でも、みごとに酒場を自分の作品のテリトリーとしている。だが、黄昏の酒場を書かせると、なかなか開高健の右に出る小説家はいないと思われる。

この国では一九三〇年代のモボ・モガの頃から、酒場小説の佳品が書かれている。伝統と言ってもいいだろう。世界文学に伍して、十分に素晴らしい。永井荷風の『つゆのあとさき』や、龍胆寺雄の一連の作品。戦後で言えば大岡昇平の『花影』という花柳小説の流れを汲む名作の伝統があるのは心強い。

サントリー出身の小説家・開高健や山口瞳は、実際、酒場はおのれのテリトリーであって〝職場〟同然だった。それは羨ましがられるどころか、逆にそのために、かえって辛い苦労や体験を重ねているのだが、しかし、小説の中に取り込む酒場のシーンには格別なものがある。プロとしての矜持が書かせるのであろうか。

開高の遺作となった『珠玉』は、酒場を書き続けたこの小説家の総決算と言ってもいい作品であろう。他界する一年前一九八八年に第一部が書かれ、翌年四月に大手術を受けたのち、その夏にかけて一気に二部、三部が書きあげられた。三部構成のこの作品は作家が命を削って書いた衝撃的な連作小説だった。

とくに、開高が最後までこだわった酒場のシーンは、この中篇小説の主題を立ち上げるうえでもなくてはならない場面だと思われる。『珠玉』の第一部「掌《て》のなかの海」に登場する東京・汐留の古い酒場が、この物語の発端となる。

先にもちょっと引用したが、この酒場は若い頃からの主人公の隠処《かくれが》だった。とっくに再開発で取り壊されてしまっているが、三十年も前の開高健の酒場に出かけてみることにしよう。夕日は落ちたばかりだが、すでに足元が暗い……。

《汐留の貨車駅の近くにあるその小さな酒場に入ると、凸凹の古い赤煉瓦の床にまいた松のオガ屑のしっとりした香りが鼻と肩にしみこんでくれる。物置小屋のように小さくてみじめな、薄暗い店で、酒棚には何本も瓶が並んでいないけれど、毎夜毎夜しこしこと雑巾で拭きこんだ、傷だらけのカウンターに肘をのせると、まるで古い革のようにしっかりと、しっくりと、支えてくれる。その吸収ぶりとオガ屑の匂いだけに誘われてほとんど毎夜のようにかようのである。》

このくだりが好きで、しばらく手帳に書き写して持っていた。

なぜか仕事にゆき詰まりそうになった時に、あるいはアイデアに困った時に、この小説のこのくだりを読むと落ち着いてくる。そうだ、今晩、行きつけのバーのストゥールに腰掛けて、カウンターに肘をついて、ゆっくりと、思い切りドライなマーティニを飲むのだ、と自分に言い聞かせる。沈む夕陽の最後の輝きのような一陣の閃きが、全身に力を与えてくれるのだ。

主人公が、いや開高健がバーに入ってくる。「掌のなかの海」の続きである。


《「どう?」

「あけたばかり」

「ひま?」

「ひま」

「高田先生は?」

「このところ見えないね」

バーテンダーの内村は初老の薄髪を傾げてマーティニを作りにかかる。氷をヴェルモットで洗い、お余りをいさぎよく捨てる。……》

夏服や軽々として業にあり

バーテンダーの白いバーコートは、軽々とした夏ものである。

彼のマーティニを作る業は、見事と言うほかはない。神技の冴えを見せている。開高の小説は、季節が明示されていないことが割合に多いけれど、この小説もここまでは、季節がわからなかった。

しかし、主人公とバーテンダーとの会話のシーンはもちろん、オガ屑の匂い、氷を砕く音、歯茎に沁みる冷えたドライ・マーティニとチェーサー。季節は夏でなければならない。まもなく、この酒場に船を降りた老船医が現れる。彼は息子を探しているのである。人生に困憊した小説家と、岡に上り、漂泊を続ける老船医との短い友情が静かに展開していく。『珠玉』三部作の中では、この第一部「掌《て》のなかの海」がいちばん泣かせる場面が多く、印象に残る会話がいっぱいである。

アカシヤの花――正岡子規の大連

行く春の酒をたまはる陣屋哉《かな》　　子規

明治二十八年四月、日清戦争の渦中であった。

掲句は正岡子規が大連の北に位置する金州を従軍記者として訪れた時に詠んだものである。先に断っておくとこの時期、大連にアカシヤ並木はなかった。日清戦争後、三国干渉の結果、ロシアが遼東半島を租借地にした時にアカシヤは植えられた。

さてこの一句、背景にちょっとした経緯《いきさつ》はあるのだが、俳句の世界でいう挨拶句と見てよいだろう。味方の軍営でめずらしく酒を奢《おご》られたのである。当地にはこの一句が刻まれた句碑がある。乃木希典将軍の「金州城外斜陽に立つ」の記念碑はほかに移されてしまって今ここにない。子規は強しである。

片側四車線の高速道路を北へ走ると、金州へは大連の中心街から一時間もかからない。この地は遼東半島のいわば首根っこにあたる地点で、昔から戦争の時は攻守の要衝でもあった。だから日清戦争の時も、日露戦争の時も、日本軍から激しく攻められているのである。

当地には、昔、遼東半島一帯を治めていた役所の名残り金州城副都統衛門が修復されて建っている。公館跡の裏庭に正岡子規の句碑が、清代の石刻と並んで、あたかも松山か根岸の里にあるかのように時を刻んでいるのだった。

この句碑がいつ建立されたのかは定かでない。昭和十五年頃までは天后宮にあったが、戦禍に紛れ行方不明になっていた。偶然にも平成十年、建設現場から掘り起こされて、今、昔日の面影を残しているのである。

日清、日露戦争などと言うと、いかにも古い話だ。けれど正岡子規の名前はすこしも古さを感じさせない。不思議に今も輝いている。何故だろう。子規の短くも果敢に闘った人生が、そうさせるからであろうか。

日清戦争二年目のこの年、子規はちょうど二十八歳だった。

彼は陸羯南《くがかつなん》主宰の『日本』新聞記者として、日清戦争の近衛師団付き従軍記者を志願して叶えられた。従軍することは子規の強い念願だった。しかし、一高時代に結核を発病していた。医師や友人たちは、何度も止めた。

同年四月十日、宇品港を海城丸で出航し、数日後、子規は無事に大連湾に入った。

十五日に柳樹屯に上陸、金州城の宿舎に落ち着いた。従軍記者は一兵卒なみの扱いで、乗船した海城丸はまるで食糧船であり、上陸してからは寝所とも言えぬところに押し込められた。しかも上陸二日後の十七日に下関講和条約が調印され、記者としての務めも十分に果たせず、五月十五日まで大連にいたが、同日、早くも帰国することになった。

このくだりを子規は「陣中日記」の同年五月の冒頭で、次のようにしたためている。原文を（漢字は新字体に直す）引用したい。（『子規全集』第十二巻、講談社）

《一生の晴に一度は見んと思ひし戦ひも止みて梓弓張りつめし心も弱りすごく〳〵と袖を連ねての帰り道はしなく心労《いたつき》に煩はされて船の中に送る日数くるしかりしを世は情けとやら連れ立ちし誰彼に助けられ千早振る神戸の里に命を拾ひぬ。……》

新聞『日本』に掲載した時の前書きである。冒頭に揚げた「行く春の」の句は、同月五日の発句。一日から四日を中略して五日を見ると、「事なし」とあって三句詠んでいる。

城壁の上に見えけり春の山
鵲《かささぎ》の人に糞する春日かな
行く春の酒をたまはる陣屋哉

上陸してちょうど一ヵ月目の無念だった。日本への船中で子規は大喀血し、重体に陥る。二十三日に県立神戸病院に入院し、数週間後にようやく小康を得て、八月、松山中学に赴任中の夏目漱石の下宿の階下にしばらく滞在したのである。命を縮めるような壮絶な従軍体験だった。それでも子規に後悔はなかった。

従軍記は高く評価された。とくに克明に書かれた新聞『日本』に連載した「陣中日記」は、従軍中に第二軍兵站軍医部長の森林太郎（鷗外）を何度も訪問したことにも触れており、また冒頭の一句が、松山藩主久松定謨《ひさまつさだこと》の宴席に招かれ感激して詠んだ句であることも行間から読みとれる。

一句の意味を確認しておこう。

「行く春の酒をたまはる陣屋哉」すなわち季語「行く春」は、言うまでもなく、春行く、つまり春終るの意味であり、春惜しむとも受けとれる。内面の吐露とも言えそうだ。そして子規の心のうちには、多分、芭蕉の名句、

行く春を近江の人と惜しみける

が、潜んでいたのではなかろうか。

それにしても、陸軍では粗末な扱いを受け、満足な酒食にさえ、ありつけなかったのだ。短い期間であったにせよ、子規の体力には限界があった。病状は日に日に悪化していたのである。

さて、子規ばかりでなく、大連は明治の文豪には縁がある。同二十七年、国木田独歩が海軍の従軍記者として、また、日露戦争後の同四十二年には、子規の親友だった夏目漱石が大連を訪れている。独歩は実戦に従軍したが、漱石は旧友の満鉄総裁中村是公の招待だった。

大正、昭和を迎え、アカシヤ並木が美しく育った大連はどうであったか。

その前にアカシヤの花について、ちょっと見ておこう。夏の季語である。大連や北海道に生育するアカシヤは、本来学名を「ニセ・アカシヤ」または「針槐《はりえんじゅ》」という。これは意外なことだった。花期は五月、白藤の花に似て、抒情的な気分を誘う。そして、花言葉は「優雅」であり、親しまれている。大連を訪れたことのある山口誓子は、

　アカシヤのもとの梢の花も落つ

という句を詠んでいるが、この一句は大連での作ではない。

話を戻す。アカシヤの大連と呼ばれるようになった時代、この美しい都市には、満鉄の本社がおかれ、日本の大陸経営の基地であった。と言うと、複雑な思いにかられるが、旧満洲の玄関として、満鉄直営の壮麗な大和ホテル（現・大連賓館）が開業し、満鉄図書館が開設され、そこはいわば満鉄文化栄えるモダン都市であった。大戦後、中国に返還されたことは周知のことである。

すこし補足すると、満鉄（南満州鉄道株式会社）は一九〇六年（明治三十九年）に設立。大連・長春間の本線といくつかの支線があった。大連大和ホテル（現在の建物の竣工は一九一四年）を旗艦店としてチェーンを展開するほどの繁栄を見た。典型的なイオニア式ヨーロッパ風ホテル。改修を経て、今の大連賓館となった。

詩人・清岡卓行は、生まれ故郷大連を舞台にして小説『アカシヤの大連』を書いた。それが芥川賞を受賞してから、この都市は再び注目されるようになった。昭和四十五年のことである。この作品を執筆時、清岡は四十七歳。前年妻を亡くし、二十歳の時の妻眞知をモデルにして書いた。詩人として小説は本作が二作目だった。大連の街を描写したくだりを引用する。

《大連の五月は、彼にとって五年ぶりのものであったが、こんなに素晴らしいものであったのかと、幼年時代や少年時代には意識しなかったその美しさに、彼はほとんど驚いていた。とりわけ、南山麓と呼ばれている住宅街一帯の雰囲気は、彼にとって、そのままで夢想に満ちているような現実であった。（中略）整然として縦横に走っている車道。その両側には、ゆったりとした歩道があり、敷石で舗装されているものと、土のままのものがあったが、どちらにも、柳、ポプラ、アカシヤなどの並木が、ほぼ五、六メートルの間隔で植えられていた。車道も歩道も大体清潔で、紙屑などはあまり見当たらなかったが、車道には、馬車が走って行くため、ときどき馬糞が落ちていた。》

小説の中で作者は「アカシヤの花が、彼の予感の世界においてずっと以前から象徴してきたものは、彼女という存在であったのだと思うようになっていた」と書いている。彼女とは妻になった女性である。

さらに、遠い過去という印象もあるけれど、司馬遼太郎の『坂の上の雲』などで、大連は今も、関心を持たれている美しい都市だ。

てふてふが一匹韃靼《だったん》海峡を渡つて行つた

大連は日本のモダニズム詩が誕生した都市でもある。この一行は大正八年に大連に渡行して昭和九年まで在住し、詩誌『亜』を創刊した安西冬衛の詩である。子規とは違う世界だが、このモダンな詩句に、清岡卓行は大きな刺激を受けたという。──

もう十年も前になろうか。五月、わたしははじめて大連国際空港に降り立った。

北京への旅行者の間には昔から「北京酔い」という言葉があって、空港から市内に行くまでのタクシーの中で、ある種の酔いが始まるという。

わたしはこれを陳舜臣氏から伺ったのであるが、じっさいに体験してみると、たしかに心地のよい「酔い」であった。しかし、大連にはそのようなことではなく、別の「酔い」がある。わたしは空港で乗ったタクシー運転手に頼んで、アカシヤ並木が残っている正仁街を通って大連賓館に向かったのだ。まさに五月、可憐な白い花が満開で、わたしはその香りに酔った。

宿泊はしなかったが、その日の午後、連れだって大連賓館の喫茶室で休息をとった。天井が高く、古典的なその空間の居心地は、昔日の繁栄を偲ばせるものだった。

ところで今、アカシヤは激減していて、街路樹はみなプラタナスに変わってしまった。

森鷗外がこんな歌を詠んでいる。大連幻想である。

夢のうちの奢りの花のひらきぬるだりにの市《いち》はわがあそびどころ

（『うた日記』より）

「奢りの花」とはアカシヤの花だと清岡卓行は言う。「だりに」とは、ロシア語の大連（ダルニー）のことであろう。だが軍医部長・鷗外は、この地大連のアカシヤの花を一度も見ていないに違いないのである。

「秋」漁火が流れる——身に沁む酒場

白露——山口瞳とエスポワール

白露にて己《し》が咀嚼《そしゃく》にも親しみぬ　　森澄雄

この一句に詠まれている白露は、秋のやや冷たくて爽やかな時候を目に見えるように表現している。もっとも秋らしい季語である。時期は仲秋である。秋冷を感じさせる頃のしみじみとした季節感が漂う。もともと白露とは秋になって「陰気ようやく重なり、露凝って白き」（稲畑汀子《ていこ》）という状態を言う。

まず、掲句の通釋をしておきたい。

〈朝、露は白く、肌にひんやりとした空気を感じる秋は、食欲の季節。食べ物や酒が旨い。咀嚼していても、その味わいがわれながら、どこか懐かしく親しいものに感じられる〉

というほどの意味だろう。この一句はそんな気分を掬《すく》い取っているようだ。

ちなみに、歳時記では、気をつけるべきこととして、普通こう書かれている。すなわち

「はくろ」と読むと二十四気の一つで、仲秋にあたる。陽暦九月八日頃。「しらつゆ」と読むと歌語で、儚《はかな》いもののシンボルだ。平安朝の女流歌人が、驚くべきことに、こんなモダンな歌を詠んでいる。恋の歌である。

白露もゆめもこの世も幻もたとへていはば久しかりけり　和泉式部（『後拾遺和歌集』）

ここは、やはり「はくろ」では気分が伝わらない。また、詞書《ことばがき》を読まないと意味が解らないが「つゆばかりあひそめたる男のもとにつかわしける」とあり、つれない男の心を、あなたとの逢瀬の短さに比べれば、「しらつゆ」の方がまだ久しく思えるという、女心を吐露した恨みの歌だ。

さて、俳句の森澄雄である。戦後の俳句界を代表する「人間探求派」の流れを汲む俳人の一人。ファンも、句集も多い。芸術院会員、文化功労者だった。掲句は蛇笏《だこつ》賞受賞の第七句集『四遠《しおん》』所収の作。わたしの俳句の師であった。

この一句から、ふとある連想が甦った。わたしの脳裡に〈酒を噛む〉という言葉が閃き、もうとっくに過ぎてしまった、ある秋のバーでの場面につながった。その時の一連の出来事が思い出されたのである。

その年の秋。文壇バーがまだ賑わっていた時代だった。

わたしは小説家の山口瞳と、銀座の「エスポワール」に出かけたのである。高見順や三島由紀夫をはじめ、作家たちが集まるバーとしては銀座でも屈指の酒場《はこ》だった。山口瞳はわたしの元上司だった小説家で、直木賞を取ってまだ二年余りだったが、『週刊新潮』連載の「男性自身」が人気で、小説の発表も多く、広く知られていた。

当時の文壇では、山口瞳は、なんとなく頑固な〝うるさ型〟に見えて、こわもてだった。すでに一種独特の作家的個性を発揮していたと思う。自分から〝偏軒〟を名乗っていただけに、クセの強い人だった。「偏軒」という字名《あざな》は、山口が敬愛していた山本周五郎が、まだ無名の頃、その頑固ぶりを捩《もじ》って、兄事していた尾崎士郎から〝曲軒〟という綽名《あだな》をたまわったというエピソードにならってのことだった。

その時期、わたしは広報部で仕事をしていたが、酒場に行くのも仕事の延長であることもあり、その夜は、「エスポワール」には会社の営業課長が待っていた。山口瞳を引き合わせることになっていたのである。

「エスポワール」というバーは、三島由紀夫がママの川辺るみ子を『週刊朝日』のグラビヤ頁で、その人柄や魅力を書き残しているくらいで、話題の酒場だった。ライバルの京都から出てきたバー「おそめ」（上羽秀ママ）と並んで、銀座でも一、二と言われていた。

このバーは、一階と二階の入口が別になっていて、二階は若手の作家や会社の部課長クラスが多く、一階は社長族や会社役員や長老作家などが座るという暗黙のきまりのようなものがあった。

店の前で、山口瞳は「一階にしよう」と言った。

まだ、店をあけて間もない時間だった。仕事と割り切ってわたしは山口さんに従って、奥のカウンターへ向かった。営業課長が椅子から立ちあがって迎えた。ストゥールに座って並んで打ち合わせした。すぐ終わるようなことだった。

学生時代の友人たちからは、「銀座のバーに行けていい仕事だな」とよく言われたが、本人は「しょせんはサラリーマンだ。そんなにラクなものじゃないぞ。バーへ行くことだけが仕事じゃないし、ナ」と言い返していた。たしかに、洋酒会社の社員ということが、いいようでありながら、逆に重荷になることも多かった。

この日もバーにいながら、緊張感は緩めてはいなかった。〝酒〟のプロを自認しながら、つい誘惑に負けて、しくじってしまう同僚もマレにはいたのである。

その時、着物姿のお客が、ソファーに横になっているのに気がついた。

よく見ると、小説家の高見順だった。右手の角にあるソファーだった。妙な言い方だが印象的な姿だった。後年、山口瞳はエッセイ集『酒呑みの自己弁護』（ちくま文庫）で、その場の光景をこう書いた。

《高見さんは、黒っぽいカスリの着物を着ていて、下駄をぬいでいて、素足で、ソファの上に坐るでもなく寝るでもなくという中途半端な姿でいた。横坐りで手枕という姿勢だろうか。その恰好は、色っぽいといえばそうともいえるし、しどけないとも言える。まるで、自分の家の居間で、ぼんやりと休息しているように見えた。他には客はいなくて、私は席についてから、高見さんに黙礼した。高見さんは、オッという顔になり、目だけで応答した。それで、おしまいだった。》

とても粋《いき》な場面ではなかろうか。

山口瞳の観察も執拗なくらい微細なところに眼が届いている。すでに織田作や太宰治の時代ではなかったが、まだ、文士のそんな姿が、時には見られた時代だった。山口瞳の文章は、姿勢のディテールにまで神経が通っているようだ。高見順という作家の風貌と酒場の人間関係のアヤを微妙なタッチで伝えている。文壇の長老に数えられる作家が、「目だけで応答した」というデリケートなアヤは、なかなか表現できるものではない。

バーテンダーのOさんが、わたしたちにウイスキーのオン・ザ・ロックスを作ってくれた。打ち合わせは終えていたが、当の営業課長は、山口瞳の隣のストゥールで、一緒に呑んでいた。そしてこんなことが話題になったのをおぼえている。

「秋になるとウイスキーが旨いね」

と山口さんは琥珀色の酒を歯茎に沁み込ませるようにして飲んでいる。山口さんはいつもそうやっていた。

「山口さん、ウイスキーを噛んでいるんですか?」と、山口さんの隣からくだんの課長が不思議そうに尋ねた。

「ウイスキーをね、西部劇の男たちはストレートでノドに放り込むようにして飲むよね。また、日本人の中にはショット・グラスで日本酒のようにちびりちびりと啜るような味わい方をする人が、ひと頃は多かった。僕は噛んで飲む。香りが佇《た》つし、歯茎で味わうことができる。まっ、ストレートの飲み方だがね」

「なかなかカッコいい飲み方ですね。ちょっとイカスなあ」

営業課長はしきりに感心していた。

ウイスキーを咀嚼する。実に新鮮に聞こえるが、しかし、これは案外無意識にやっているのではないかと思う。本人が気づいていないのだ。噛むということだけでなく「ウイスキーが歯茎にまで沁みて旨い」とか「ウイスキーを歯茎でテーストする」という言い方をすることも多い。ここで大事なことは健康な歯と歯茎である。入れ歯だと具合がわるい。

ちょっと書きにくいが、この時、山口さんの歯は、ほとんど総入れ歯だったのではなかろうか……。まさに秋、

白露にて己《し》が咀嚼《そしゃく》にも親しみぬ

である。白露の季節は、すこしずつ夜が長くなり、ウイスキーの琥珀色も静かに秋冷の輝きを湛《たた》えて見事に澄んでいる。わたしたち三人は歯茎にウイスキーを転がしながら、静かに香りの深さを味わった。

燐寸の火──西東三鬼の神戸

夜の湖ああ白い手に燐寸《マッチ》の火　　西東三鬼《さいとうさんき》

どこか思わせぶりなこの一句、とある酒場で回想しながらの発句だ。初秋らしい感じはあるが、しかし季語がない。三鬼という俳人はこんな無季俳句も作った。彼は中村草田男や石田波郷など人間探求派とも近く、さらに太宰治のように一種の無頼派に近い生涯を送った文人だった。また、新興俳句の代表的な俳人として、その奇才ぶりはつとに有名で多くの伝説を残した。

まずは、そんな三鬼の境涯から辿ってみることにしよう。

最初にちょっと寄り道をする。

江戸川乱歩である。彼の小説には小さなホテルや古めかしい青い洋館など、どことなくエキゾチックな舞台装置がよく登場する。それが乱歩ワールドの人気の秘密だ。そして、乱歩のモダンな感覚にぴったりだったのが、ホテル住まいだった。乱歩自身、貧乏しながら四十回も引越をしたけれど、ホテルで生活することが好きだった。麻布にあった「張ホテル」に長期滞在したことはよく知られている。当時のことを、先年他界した久世光彦が小説にしているので読まれた方も多かろう。

乱歩について、簡単に補足するなら、このようなことであろうか。

江戸川乱歩（一八九四〜一九六五）は本名、平井太郎。三重県名張生まれ。早大政経学科卒。『二銭銅貨』で文壇デビュー。多くの探偵小説を書いただけでなく、欧米の推理作家の紹介、作品批評でも活躍した。わが国の探偵、推理小説の金字塔を築いた立役者。

そういう乱歩を、さらにコスモポリタンにしたようなホテル生活を、戦時中の異国情緒たっぷりの神戸は三宮「ホテル・トアロード」で送ったのが、俳人・西東三鬼だった（一説には「トーア・アパート・ホテル」と称したという）。トアロードとは、三宮を象徴するような繁華なメインストリートで、神戸、三宮駅の北から六甲山地にかけてハイカラな異国情緒を漂わせている。先年の大震災で壊滅的な被害を受けたが、蘇った。南に下るとメリケン波止場。カフェ、レストラン、ホテルなどが多い。

さて。三鬼である。

昭和十七年から一年数ヵ月と短い滞在だったが、そのあとはやはり神戸市生田区の古い異人館に居を移した。そこは珍しがられて〝三鬼館〟と呼ばれ、人が集まる名所にもなり、三鬼ワールドの原点として知られていた。

ライフスタイルの面では、あの乱歩のさらに上をいく波乱万丈ぶりであったが、三鬼はその神戸時代を珠玉の短篇小説集『神戸』『続神戸』として書き残している。ちょうどその時期が、反戦的な新興俳句を作る危険人物として治安維持法で検挙された直後で、作句も禁じられた不遇時代だった。

作家の五木寛之は、そんな三鬼に早くから一目おいており、大陸的な大らかで、音楽で言えば長調的な性格の持ち主でありながら、ドストエフスキーのように複雑で屈折のある文人だったと評している。明るく伸びやかでありながら、政治的な志向を持ち、放蕩無頼で、女好き酒好きで、虚無的なところがあったと言うのである。そして、あの有名な一句を挙げている。

おそるべき君等の乳房夏来る

さらに五木とゆかりの深い金沢を訪れた時に詠んだ一句、

雪国や女を買はず菓子買はず

こんな傍若無人の句のほかにも、三鬼には句史に残る作品も多く、初期の、

水枕ガバリと寒い海がある

や「中年や遠くみのれる夜の桃」などが代表句だ。

西東三鬼は一九〇〇年、岡山に生まれた。青山学院中等部を出て、今の東京歯科大学で歯科医になる教育を受けた。兄が日本郵船シンガポール支店長だったので、結婚後、兄の要請で同地のオーチャード・ロードで歯科医院を開業した。二十五歳だった。あまり熱心な歯科医ではなく、昼はゴルフ、夜は日本人観光客のガイドなどをやり、兄が帰国したあとは放蕩三昧だった。

三年ほどで彼も帰国して、大森海岸近くで開業した。軍需工場や文士村がある一帯だった。その医院開業も長く続かず、三十二歳で朝霞総合診療所の歯科部長、翌年、神田の共立和泉橋病院歯科部長になった。

そこで、医師や患者にすすめられて俳句の運座に参加し虜《とりこ》になった。初体験ながら俳号はすでに「西東三鬼」。俳人としては遅いスタートだった。

春山行夫という昭和初期「詩と詩論」の運動をすすめた前衛詩人がいた。戦後は啓蒙詩人として文筆家に転じ、サントリーのＰＲ誌『洋酒天国』には何年も酒のエッセイを連載した。わたしもお会いしたことがある。

三鬼が伝統俳句を意識して、それを乗り越えるために新興俳句作家を標榜するようになったのも、春山行夫を中心とする現代詩の運動に刺激されたからだった。虚子が唱える花鳥諷詠や有季定型を乗り越えたかったのだ。

京大OBを中心にした「京大俳句」に昭和十五年に参加し、その政治性と前衛性に同調して加担する。しかし、先に書いたように治安維持法で京都松原署に逮捕されて留置され、おまけに検事から俳句まで禁じられた。

三鬼には妻子があったが、依然として放蕩はやまなかった。松原署に現れた妻の重子は「この人は悪い人ですから、すこしでも長く牢に入れておいてください」と言ったという。(三鬼の最後の愛人だったきく枝は、「私が知っている限り三鬼には三十五人の女がいた」と回想記に書き残した……)

起訴猶予となり東京に戻るが、同十七年には家族をおいて、三鬼は単身東京を出奔、神戸に移り、再び妻子のもとに帰ることはなかった。

三鬼は三宮のトアロードの中ほどにあったホテルに滞在する。ロシア人やイタリア人との奇妙な生活が始まった。戦争の恐怖、外国人との友情、酒と女……。小説集『神戸』(講談社文芸文庫)などにその生活ぶりがよく描かれているが、まさに「グランド・ホテル」形式の芝居でも見ているようなおもしろさなのだ。

二〇〇九年十二月、『神戸北ホテル』という小幡欣治作の芝居を、劇団「民芸」が三越劇場(東京)で上演した。三鬼がモデルである。三鬼役を西川明がやり、仁野六助という名で登場、奈良岡朋子が三鬼の愛人堀田きく枝役を大岡うららとして演じて出色の舞台だった。小幡はこれで鶴屋南北戯曲賞を受賞した。

近年、「阪神間モダニズム」という言葉が定着してきたが、東京にも、大阪にも、横浜にもないモダンな文化が、神戸と大阪の間、阪急沿線などの地域に存在していた。三鬼の神戸時代は、谷崎潤一郎の芦屋時代と同様、そんなモダニズムの一端を今も見せてくれるのである。なお、三鬼について、すこし注記としてまとめておきたい。

西東三鬼（一九〇〇〜一九六二）俳人。本名、斎藤敬直。岡山県津山市生まれ。津山中学から転学して青山学院中等部へ。日本歯科医専を出て歯科医となる。俳壇デビューは三十二歳を過ぎてから。『馬酔木』『天の川』『京大俳句』などに熱心に投句。日野草城の選を受けた。新興俳句運動の第一線で活躍し、新鮮な表現様式を創出した。東京の妻子のもとから出奔。神戸時代の破天荒な生活ぶりはよく知られ、戦後は山口誓子を擁して『天狼』を創刊。句集に「旗」「夜の桃」「変身」など。先に揚げたような短篇小説集がある。

終焉の地は神奈川県葉山。最後の言葉は「おかあちゃん、もうあかんわ」だったと堀田きく枝は書き残している。享年六十二。絶筆はこの一句だった。

　春を病み松の根っ子も見あきたり　　三鬼（句集『変身』より）

生き尽くした、見事な生涯と言っても、よいのであろうか。

黄菊白菊——夏目漱石の海鼠の句

あちこちにトリスがしゃがむ曼珠沙華　　坪内稔典《ねんてん》

漱石の句よりも先に、まず稔典さんの一句を挙げる。

このトリスを詠んだ坪内稔典の一句は、曼珠沙華という秋の季語を生かし、ちょっとおかしみを感じさせる現代風俳句に仕立ててある。ずいぶん卑近な光景を俳句にしたものだと思われるかもしれないが、これが稔典調というもので、この俗語俳句、けっこうファンが多い。トリスとあるのは、むろん「トリスウイスキー」のことであるが、「いや、曼珠沙華との色のバランスを考えると、柳原良平の描く赤い顔をした〝アンクル・トリス〟のイメージではないか?」という意見もある。正解だろうと思う。

この句を稔典さんが発表した時、トリスが、ハリスと誤植されていて、

あちこちにハリスがしゃがむ曼珠沙華

となってしまい、しばらくこれが通用していたそうだ。

じつは坪内稔典を有名にしたのは、甘納豆の句で、これは何と一月から十二月まで甘納豆づくしである。三月が代表句になった。わたしが連載していた『ウイスキーヴォイス』誌にはあまりマッチしないかもしれないと思いつつ揚げてみた。とくに三月の甘納豆の句は稔典ならではの言葉の演技であり、俳句の俳諧性、おかしみの表現に通じている。

三月の甘納豆のうふふふふ　坪内稔典
花冷えのイカリソースに恋慕せよ　同
晩夏晩年角川文庫蠅叩き　同
陰毛も春もヤマキの花かつお　同

どれも有季定型（季語があって五七五調）ではあるが、いわば俗語を生かして日常茶飯事を素材にしている。四句目は、さすがに稔典さんもヤマキに対して「陰毛と同一視されて花かつおは迷惑だろう」とすこし気にしている。俳人・坪内稔典は京都教育大学名誉教授なのである。

失礼ながら稔典俳句は、狂句（歌）か川柳の流れとして読めば、なおおもしろい。古来、万葉集にも「戯笑歌《ぎしょうか》」があり、古今集には「誹諧歌《はいかいか》」があって、江戸時代には『柳多留《やなぎだる》』や『誹風末摘花《すえつむはな》』などが流行した。「川柳」の語源となった柄井川柳が撰にあたり、『柳多留』は諷刺的作品だったが、わいせつな句だけを一巻に集めた『誹風末摘花』はちょっとすごい。直木賞作家山口瞳はそれを〝聖典〟として学んだという。色欲の世界という限界はあるが、人情の機微を捉えた秀句佳句も多かった。『柳多留』の方から二句引こう。

緋の衣着れば浮世がをしくなり　作者不詳
かみなりをまねて腹掛やっとさせ　同

ほんらい俳句は、俳諧連歌から派生したものだ。滑稽味があって、ユーモラスな現代俳句の作風の源流をそこに見ることができる。つまり「俳諧」という言葉の意味が、そもそも「おどけ、たわむれ、滑稽」なのであって、庶民の言葉遊びの名残が、その底流にはあるのだろう。(「俳諧」と「誹諧」の二通りの書き方があり、「俳」は誤りと言われるが、ここでは慣例にしたがう)

俳句はそんな伝統にもつながっているので、松尾芭蕉の幽玄・閑寂の境地や、わび・さびといった純文芸的な表現に馴染んでいると、かえって驚くことがすくなくない。正岡子規は蕉風（芭蕉とその一門の俳風）に批判的だったが、さもありなんである。——

永き日や欠伸《あくび》うつして別れ行く　夏目漱石
安々と海鼠《なまこ》の如き子を生めり　同

さて、この二句こそが漱石の俳句である。おかしみのある近代俳句では、漱石を嚆矢《こうし》とする。「永き日」は、季としては春だが、夏至が近い頃のけだるさを軽妙な句にしている。しかも欠伸を人にうつしている光景が目に浮かんでくるようだ。そこがおかしい。

二句目は、結婚して二年後、二十二歳の妻鏡子が長女筆子を出産した時の句。「海鼠の如き」が、いやなんとも奇抜である。わが子を海鼠に譬《たと》える感覚！　ついでに書くと、筆子は〝歴史探偵〟として人気の高い半藤一利氏の夫人末利子さんの母にあたる女性で、末利子さんは鏡子の孫ということになる。

鏡子夫人はこの句を見て、どう感じたであろうか。十九歳で十ほど上の漱石と結婚した鏡子は、小宮豊隆らの吹聴で、もっぱら〝悪妻〟と言われてきた。自殺未遂をしたこともあって、漱石から離婚を迫られたこともあるが、賢明にも鏡子は堪えた。

それに鏡子夫人なかりせば、文豪・夏目漱石は存在しなかったかもしれないのである。わがままでカンシャク持ちの夫漱石によく仕えた。しかも六人の子を生み育てているのであった。

それにしても漱石は俳句がうまかった。すこし見ておこう。

全集より手ごろなのが、一九九〇年に出た坪内稔典編の『漱石句集』（岩波文庫）で座右に置いておくといい。すでにロングセラーだ。索引がないのが残念だが、全句にナンバーが付けられ、1～848となっていて、編年順である。以下は、秋から五句。

枯蓮を被《か》むって浮きし小鴨哉　（明治二十八年）
日あたりや熟柿の如き心地あり　（同二十九年）
渋柿やあかの他人であるからは　（同三十年）
月に行く漱石妻を忘れたり　（同三十年）
秋はふみわれに天下の志　（同三十二年）

たったこれだけ発句を揚げただけであるが、漱石俳句の特徴を見ることができる。

近代俳句への革新を正岡子規とともにすすめた俳人・夏目漱石の俳句は、兄事した子規の作風よりも奔放で現代風のおもしろさがある。そして俗になることをおそれない。

長けれど何の糸瓜《へちま》とさがりけり　漱石

この句にしても、わび・さびを超えている。日常茶飯を俗のままに詠んでいるからだろう。子規の写生句よりもわたしにはおもしろく感じられる。子規は随筆が抜群にうまい。晩年の漱石に絶唱とも言える名句がある。これは滑稽とも、諧謔とも無縁である。ほんとうの心からの叫びを句に託し、吐露している。絶唱と言うのだろう。

床の中で楠緒子《なおこ》さんの為に
手向けの句を作る　二句
棺《ひつぎ》には菊抛《な》げ入れよあらんほど　（明治四十三年）
あるほどの菊抛《な》げ入れよ棺《かん》の中　（同）

二行の前書きの「楠緒子」とは、親友の美学者・大塚保治の妻。竹柏園の歌人で、小説や長詩を書く才媛だったという。この時三十六歳。夭折だった。漱石は修善寺の大患後、一命を得て、東京に帰った時期で、まだ、胃腸病院に入院中だった。前書きを読まなければ、やはり恋人の死を嘆く絶唱と言っても通用するだろう。二つの句ともに込められてある中七の「菊抛げ入れよ」が、強い。

病中に、漱石が密かに心惹かれていたであろうと思われる「楠緒子」に弔句を捧げた。葬儀では妻・鏡子が代理をつとめた。

ところで、イギリスへ留学した漱石はウイスキーもシェリー酒も、さらにワインも嗜んだが、飲酒を詠んだ句は残念ながらすくない。めずらしい二句を挙げておこう。

貧といへど酒飲みやすし君が春　漱石

黄菊白菊酒中の天地貧ならず　同

「君が春」とは、今でこそ使わないが、御代の春のことで新年のめでたさをこう言った。正月なればこそ、貧乏していても酒を愉しめるという実感を句にした。小説「吾輩は猫である」や「坊ちゃん」がヒットするまでは、漱石といえども、留学で貧乏し、六人の子をかかえ、弟子の出入りが多く、生活は決してらくではなかったのだ。

「酒中の天地」の句は、松山中学教師時代の作。いろいろの出来事に遭遇したが、この一句からは、心のゆとりさえ感じられる。二十八歳であった。

時代は漱石の最晩年に飛ぶ。芥川龍之介は漱石門をくぐった。門弟をかわいがった漱石は、龍之介に手紙を書いた。余白にうまい句のつもりで、即興で書き添えたが、消せなくなってそのまま送ったという一句がある。

秋立つや一巻の書の読み残し　　漱石

大正五年九月二日とあった。そして漱石は同年十二月九日、永眠。享年五十であった。

勧酒——井伏鱒二の荻窪

コノサカヅキヲ受ケテクレ
ドウゾナミナミツガシテオクレ
ハナニアラシノタトヘモアルゾ
「サヨナラ」ダケガ人生ダ

酒を勧めるこの詩は、後半の二行が有名だ。
そして、詩は読む人にさまざまな解釈を許す。この詩、一度でも読んだり聞いたりすると、
「さて誰の詩だったろうか」とは思いながらも、いつまでも忘れられない独特の哀惜のひびき
のある詩句だと感じる。
ハナニアラシノタトヘモアルゾ「サヨナラ」ダケガ人生ダ
七五調を生かしたリズムは、すんなり心に入ってくる。聞き覚えがあるナ、と感じさせる

懐かしさもある。人を捉えて離さない。

この詩をはじめて知った時、わたしも実はドキッとして、言葉が耳で旋回し、目に焼きついた。記憶を辿るまでもなく、あれは高校一年の時だったが、上級生から文芸部に誘われて、「この詩を知ってるかい？」と、藁半紙に鉛筆で書いたメモを見せられた。生物部に興味があったので、文芸部には入らなかったけれど、この詩を教えられたことだけは、よくおぼえている。上級生は誰が書いた詩か教えてはくれなかったし、わたしも質問しなかった。

その頃、昭和三十年代だったが、太宰治の代表作はベストセラーだった。今もよく売れている。『人間失格』も読んでいたけれど、わたしには『晩年』の方がおもしろかった。太宰がすこしわかりかけた時期だったので、このカタカナの詩に太宰治の気配を感じ、ずっと太宰がどこかに書いた詩だと思い込んでいた。

よく知られているように、太宰治の絶筆は未完の長編小説『グッド・バイ』である。

朝日新聞の学芸部長の末常卓郎と、昭和二十三年三月に連載八十回の小説執筆の約束を取り交わして、太宰は五月半ばから三鷹の仕事部屋で書きはじめたと言われる。十回分をまず新聞社に渡し、十三回まで書き、十四回目の見出し一行を書いたところで、愛人山崎富栄に誘われるようなかたちで、玉川上水で心中して果てた。朝日新聞に載ったのは第一回だけ。

第十三回で絶筆なのだから、遺作とは言えないが、死を覚悟した小説家が書いたとは思えないほど快活で明るく、ユーモアがあって、読者を惹きつける傑作の様子が漂う。こんど何年かぶりで再読したが、やはり思わず笑った。いわば逆のドンファンの物語だったからだ。十人ほどの女に惚れられて、彼女たちを愛人にしているイケメン編集者が主人公だ。

悔悛したこのドンファンは、愛人たちから別れようと策を立て実行していくが、最後は逆に自分の妻に「グッド・バイ」されてしまうストーリーで、そこには太宰のシニカルな一面が出ている。

そして未完の『グッド・バイ』と、この冒頭の詩句、「サヨナラ」ダケガ人生ダとは、やはりつながっていたのである。人生経験がないに等しい高校一年生に、「サヨナラ」ダケガ……、を目にして、「太宰治の書いたものではないかしら」と思わせた〝証拠〟が、たしかにそこにはあった。それは太宰治の死後発表された〝「グッド・バイ」作者の言葉〟の中に残っていたのだ。新聞には載らなかったけれど、この草稿も、完成原稿も存在していたのである。

太宰はこんな文章を書いていた。

《唐詩選の五言絶句の中に、人生足別離の一句があり、私の或る先輩はこれを「サヨナラ」ダケガ人生ダ、と譯した。まことに、相逢つた時のよろこびは、つかのまに消えるものだけれども、別離の傷心は深く、私たちは常に惜別の情の中に生きてゐるといつても過言ではあるまい。

題して「グッド・バイ」現代の紳士淑女の、別離百態と言つては大袈裟だけれども、さまざまの別離の様相を寫し得たら、さいはひ。》——

ここで太宰は、作者としてマジメな顔で書いているが、のちに『朝日評論』に遺作として載った全十三回の中には、かなりドタバタ喜劇風の描写もあって、織田作之助の小説のようだ。それにしても、ここに書かれた「私の或る先輩」とは誰か、という疑問が湧く。つまり、その人こそ冒頭の詩の〝訳者〟ということになるからだ。しかし太宰は、読者はわかっていると思って書いている。

この人騒がせな小説家の生い立ちを、多少とも知っていれば、太宰が井伏鱒二を十四歳の頃から敬愛していて、師とも先輩とも仰いで世話になっていたことは自明のことだった。

三十九歳の時、太宰はこう書いている。

《私は十四のとしから、井伏さんの作品を愛読していたのである。二十五年前、あれは大震災のとしではなかったかしら、井伏さんは或るささやかな同人雑誌に、はじめてその作品を発表なさって、当時、北の端の中学一年生だった私は、それを読んで、坐っておられなかったくらいに興奮した。》

これが『山椒魚』を読んだ時の太宰の感動ぶりだ。

井伏鱒二は、その頃、小説よりも、おもに詩を書いていたようだ。三好達治や佐藤春夫とも親交を持った。評論の〝神様〟小林秀雄は「井伏鱒二の眼は、詩人の眼だ」と言った。書き溜めた詩を、昭和十二年に『厄除け詩集』(野田書房)として刊行した。「勧酒」は訳詩として載せた(中島健蔵に捧げている)。元は唐詩選の于武陵《うぶりょう》の作なのだ。それが見事に井伏調になっているところが、多くのファンを惹きつけた。

さて、「勧酒」の第一行目に「コノサカヅキヲ受ケテクレ」とあるように、実際の井伏鱒二は、酒の勧め上手だった。河盛好蔵も開高健も書いているが、訪問者は荻窪の井伏邸で飲んだあと、たいてい駅前の酒場で遅くまで饗応にあずかっている。

こんなことがあった。

井伏鱒二は一九七九年秋、小林秀雄、那須良輔を伴なってサントリーの山梨ワイナリーと白州蒸留所を訪れた。佐治敬三社長の招待だった。井伏さんは、

「戦前に婦人雑誌の取材で来たことがありますよ。あまり変わってないね」

と熱心にワインの醸造所を歩きまわっておられた。

「たしか『婦女界』だったかな」

と言われたような気がするが、そんな雑誌があったのだろうか。

わたしは井伏鱒二のこのちょっとした呟きを、おもしろいと思い、よくおぼえている。調

べれば、若い井伏鱒二の「ワイナリー訪問記」が読めるのだなと思った。まだ、読んでいないけれど、やり残した宿題のように、今も感じているのである。

杉並の井伏邸によく通っている先輩の編集者から、そのかなり以前から、「井伏先生は、酒を飲む時はウイスキーと決めておられるよ」と聞いていた。だから、じっさいに井伏さんが、小林さんに向かって、

「ウイスキーはいいよ、ものを書く人間にはね。あなたも変えたら……」

と、ウイスキーをしきりに勧めるのを聞いて、知っていながら驚いた。文字通り、「勧酒」であった。

井伏さんは、小林さんより四歳年上である。わたしはその時、陪席していたのだが、小林さんが、

「そうか、わたしも年だから、これからはウイスキーにするかナ」

といったひと言が、今もはっきり耳に残っている。

それ以後、小林は飲む時はウイスキーになったと、わたしは新潮社など複数の出版社の編集者から聞いた。井伏は、「勧酒」の詩の通り、コノサカズキヲウケテクレ、と、詩を捧げた中島健蔵へと同じく、小林秀雄に向かって訴えたのだ、と思った。

しかし、井伏と小林が旅をしながら杯を交したのは、この時が最後となった。

甲府、湯村温泉の常盤ホテルの芝生の庭で、芸妓が二人、井伏鱒二、小林秀雄の文芸分野を異にする二人の長老が、互いにグラスを交わしたのだった。

この夜、「サヨナラダケガ人生ダ」、ということになった。

秋時雨――野坂昭如の破酒場

秋しぐれ扉を打つや破《や》れ酒場　　徒然

焼跡闇市派と言われ、体験派の作家であった野坂昭如は、生後二ヵ月で実母を亡くし、半年後には、鎌倉から神戸の張満谷《はりまや》家へ養子に出された。ささやかな幸せのあった幼年期は昭和二十年に暗転、空襲で養父を亡くした。上京後、一時少年院に入る。実父が引き取り旧制新潟高校に入れられるが中退。同二十五年、早大仏文に入学。放送台本書きなどアルバイトに追われ、七年間籍をおくも、再び中退。新宿に入り浸り、破れ酒場と制作事務所などを転々とした。小説家を目指しながらも、荒廃した無頼の青春の日々を送り、のちに『新宿海溝』と『文壇』という実名小説に書いた。三十八年、『エロ事師たち』で三島由紀夫などに認められる。――

「先月から〈野坂塾〉が阿佐ヶ谷で始まりましたのでご一緒しませんか」と教務課の女性職

員の脇田さんから、新学期が開講した日に誘われた。

T女子短期大学の八王子キャンパスに非常勤講師として出講するようになって半年ほどたった頃である。会社を辞めてからは母校の大学やこの歴史のあるT女子短大の本校三田キャンパスでも教鞭を執っていたが、この話は食物栄養科がある犬目町の八王子キャンパスでのことだ。短大構内は広く校舎の脇の杉木立が美しい。古いけれど風格のある木造の寄宿舎が実習農園の一郭に建っていて、学生たちが折々出入りしている。

新米《しんまい》教師のわたしは、勝手がよく分からないことが多く、教務課には頻繁に顔を出して何かと教示を受けている。自然、数少ない職員たちと話す機会も増え、仲良くなった。

教務課長は中年の髭の濃いM氏だが、脇田さんは主任という立場で、三十歳くらいであろうか、清潔感のある白いブラウスがよく似合うきれいな人だ。

「野坂昭如先生は、近年、農業にすごく関心が高いんです。新潟県の魚沼郡で、実際にお米を作っていられるのですよ」

と、脇田さんは話を続ける。

「一度、野坂塾に来てください。ことしの文化祭の講演をお願いしてほしいんです」

彼女はこう言うと、「野坂塾インフォーメーション」と書いた一枚の印刷物を見せた。

野坂塾とは何か。

戦争を語り継ぐ。時事放談。時に猥談。時にお土産付き。時に永六輔、小林亜星、桜井順、阿川佐和子、檀ふみ、笑組出演。主催者の希望として、時に吉永小百合様出演もあるかもしれない。ような気がする。——野坂塾・塾長　野坂昭如

野坂さんらしい〝宣言〟だと思う。野坂さんとは縁があって何度も会っている。阿佐ヶ谷の例会に彼女のお供をすることにした。野坂さんの晩年、二〇〇〇年の秋のことだ。

駅から小奇麗な商店街を十分くらい歩くと会場である。

ビルの四階に受付があり、人だかりしている。二回目とは思えないような場慣れした人びとが集まっている。会費は二千円。脇田さんとそれを払って、前方左手の座席に腰かける。挨拶はあとでいい。

定刻の七時。それでは第二回野坂塾を開講します、と事務局長が口火を切った。彼が司会も兼ねるようである。疲れた表情の野坂昭如が現れて横の椅子に座った。一人である。

「今日はゲストをお呼びしていませんので、野坂先生に独演でお願いしようと予定していたのですが、ご覧のように先生は、今日は、お疲れで体調がよろしくない。そこで皆さんから、先生にお聞きになりたいことを質問していただき、それに先生がお答えするという形で進め

てゆくことにしました」

野坂が演壇に移動する。

「ご覧のとおりよれよれですねん。──ぼちぼちやらせて貰います」

表情なく小さな低い声。疲れきっている。野坂は一九三〇年生まれだ。この年古希を迎えた七十爺だ。前夜、締切原稿をやっと片づけたあと、新宿の「風紋」と「花影」で編集者と打ち合わせをしながらかなり飲んだ。それに風邪をひき込んだ。

しかし、演壇に立った途端、野坂は覚醒した。

聴講者の質問を待つまでもない。話し出して、やがて止まらなくなった。

「農業を棄てた国に未来はない。農業というのは文化だと思う、農業を棄てるということは、文化を棄てるということ、文化なき国が栄えたためしがない」

ポイントをあげれば、こんなことを一気に話した。野坂の憲法だ。

野坂昭如は、開高健や小田実とともに、関西系焼跡闇市派を代表する一人である。いずれもウイスキー党で、ジャーナリスティックで、無頼派的な作家と見られている。

直木賞受賞作品『火垂るの墓』は、昭和二十年六月の神戸大空襲で戦災孤児になった少年清太と四歳の妹節子が餓死する悲惨な状況を描いている。野坂には「二度とこどもたちが飢えることのない世界を！」という願いが強い。

なかにし礼は、『火垂るの墓』を最高の文学作品と評価し、のちに野坂との往復書簡でこう書いている。

《こんな小説がかつてこの地球上のどこにあったでしょうか。死んだ清太の腹巻きから出てきたドロップ缶を〈駅員はモーションつけて駅前の焼跡、すでに夏草しげく生えたあたりの暗がりへほうり投げ、落ちた拍子にそのふたがとれて、白い粉がこぼれ、ちいさい骨のかけらが三つころげ、草に宿っていた螢がおどろいて二、三十あわただしく点滅しながらとびかい、やがて静まる〉白い骨は清太の妹、節子、兄と同じ栄養失調による衰弱死。……》

このくだりを読むと、なかにし礼はいつも涙を滂沱《ぼうだ》として流すという。

草の葉を落つるより飛ぶ螢かな　芭蕉

野坂が好きだった哀調ある一句。火垂る（螢）こそは、幼い妹だった。この妹を餓死させてしまったという辛い体験。『火垂るの墓』は野坂が贖罪の気持ちで書いた作品だ。

野坂塾に話を戻す。

演壇で野坂が水を飲んでいる。一時、場内が静かになった。

質問があります、と手をあげた男性があった。薄茶色の作業服を着たゴマ塩頭の中年である。「思い切って伺いますが、『火垂るの墓』のような名作と、『エロ事師たち』や『浣腸とマリア』とかいう作品とは同じ作者が書いたとは思えない。先生の中には二人の小説家がいるのですかね」野坂の答え。「読者の判断に任せたいが、わたしの中には複数の作家が住んでいます。いずれも名作を書きます（笑）」続いての質問。「風俗進化論とか、風俗産業が隆盛ですが、先生はどうご覧になりますか」野坂の答え。「わたしにはもはや縁はありません。むろんエロ、グロ、テロもテーマではありました。一つ言っておくと、そういう場所に出かけたら、まず地震と火事には気をつけること──」場内からさざ波が起ったが、野坂は聞こえないふりをしていた。

それからひと月後。T女子短大八王子キャンパス正門に立て看板が立った。

「野坂昭如先生、文化講演会、演題〈最後の晩餐〉入場無料！」

司会は脇田さんがつとめた。三百人が入る階段教室は九分通り聴講者で埋まった。

「ハイティーンの女子学生さんが来てくれると思ったけれど、これじゃあ野坂塾と変わりませんね。はあ、一割が学生さんか（笑）」という言葉が第一声。ワインや日本酒やウイスキーの話をし、フランス料理、中華料理などの話のあと、野坂のひと言はこうだった。

「世の中にお米ほどありがたいものはなく、ご飯ほど美味しいものはありません」

そして。

「だから、わたしの〈最後の晩餐〉は、おにぎりと梅干一個です。最高です」

野坂塾は二〇〇三年五月に閉塾。野坂が脳梗塞で倒れたからだ。以後、リハビリに励み、暘子夫人の支えで口述による作家活動が続く。二〇一五年十二月九日の日記。

《暮れというと思い出す。毎年今頃になると飲み屋へのツケ払いに奔走していた。……》こう冒頭をしたためた。そして二十行ほど書いて、その夜、事切れたという。享年八十五。

南無、森羅万象。――

最後に、野坂昭如の在りし日を思って一句措きたい。

稲畑汀子が秋の深まる夜、遠景に広がる漁火に託して流れ星を詠んだ。そこはかとない悲傷が流れている即吟である。

漁火を見てゐたる目に流れ星

西鶴忌——織田作之助とアリババ

行き暮れてここが思案の出入橋　　　丈六　織田作之助

バー「アリババ」は銀座七丁目、並木通りの資生堂本社ビルの裏手にあった。正確な番地がわかっている。七丁目四ノ五である。建て替わる前の旧交詢社ビルに近かったという記憶があるから、ほとんど六丁目と言っていいだろう。なにせ開店が昭和三十年代で、わたしがはじめて出かけたのが同三十六、七年頃なのだから記憶もおぼろ気である。経営者は織田作之助の最期を看取った内縁の妻、というより愛人だった女性、通称は織田昭子。本名を輪島昭子といい、銀座・木挽町の理容室の娘だった。

手元にもう半世紀以上も前の酒場時代の昭子の名刺が残っている。仔馬《ポニー》のイラストが印象的なその名刺にはＡＬＩＢＡＢＡとあって、そのわきには「マダム・アキコ」と書かれてある。織田昭子名で達意の回想記『わたしの織田作之助——その愛と死』

（サンケイ新聞社出版局、昭和46）と小説『マダム』（三笠書房、昭和56）を残しているが、店では「織田」は名乗りにくかったのであろうか……。

昭子は大映のニューフェースだった。昭和十九年十一月、織田の代表作『わが町』が、築地の東京劇場（のちに東劇と呼ばれ親しまれている）で上演された時に、彼女に声が掛かり端役ではあったが出演していた。芸名を築地燦《あき》子といった。

その年八月、最愛の妻一枝が病死したばかりで、傷心だった作之助は、原作者として上京し、何度か劇場を訪れた。初日前夜の総稽古の時、幕間《まくあい》の客席に出演待ちでいた昭子と目が合った。若くてきれいだった。持ち前の強引さで作之助は彼女に迫った。（長篇『夜の構図』に詳しい）昭子は二十二歳。それからおよそ四年、実質三年と言っていいけれど、生活をともにして、同二十二年、昭子二十六の時に三十五で早世する作之助と死に別れた。

こう書くと、いかにも無頼派の流行作家が、女優のタマゴを誑《たぶら》かして自分のオンナにするという陳腐な猟色譚に聞こえるが、そうではない。すでに肺結核を発病していて、死の影を宿していた作之助との間にはすさまじいドラマが演じられている。絶筆は未完の『土曜夫人』（読売新聞連載）だったが、昭子の献身で『世相』『夜の構図』『夜光虫』など何篇もの傑作を残したし、喀血する作之助の血痰を、彼女は自分の口を添えて吸い取ったという凄絶なエピソードを、織田作と親しかった林芙美子は書いている。そういう女性だった。

それでもなお、作之助は死んだ女房一枝を忘れることができなかった。遺髪を胸のポケットにしまい込み、遺骨を二年間持ち歩き、執筆する机の脇に置いていた。むろん、昭子は屈折した気持ちをイヤというほど味わい、時に一枝の衣服を取り出しては引き裂いた。

一枝が三十二歳で子宮がんを病み死んだ直後、昭子と同棲しはじめてからも、織田作は、ほかの女性と関係している。小説家の通弊だと見過ごすこともできようが、それともまた違うのだ。言い換えれば、倫理観の問題ではなく、この小説家を「女」という側面から辿ると際立った異質の個性が立ち上がってきて、作品がよく見えてくるという類例《ためし》なのである。

むろん織田作は、若い頃から女性とは腐れ縁続きの太宰治と、よく似た面がある。生得の無頼《デカダン》である。六歳上の太宰治とは資質的にも気脈が通じあった。──

昭和二十二年一月十日午後七時十分、作之助は喀血して絶命した。

東京病院（慈恵医大）の「パリの牢獄」（林芙美子）のような一室で、昭子はその夜二人だけで過ごした。翌日、近くの天徳寺で、十人ほどで通夜が営まれ、その場に太宰がいた。十二日は林芙美子と桐ケ谷の火葬場にも行き、死んだ僚友の骨を拾った。終戦直後の銀座のバー「ルパン」での二人の邂逅は、林忠彦のポートレートが、今も語り草になっている。男ぶりは好き好きだろうが、太宰１７３センチ、織田作１７５センチ、ともに長身で足が長くカッコいい。

《織田君の悲しさを、私はたいていの人よりも、はるかに深く感知していたつもりであった。はじめて彼と銀座で会って「なんてまあ悲しい男だろう」と思い、私もつらくてかなわなかった。……こいつ、死ぬ気だ。》

（東京新聞「織田君の死」）

と書いたのは太宰である。何度か心中に失敗し、狂言自殺とまで言われ、それでも織田作が爆死（吉行淳之介の指摘）した翌年、太宰治は三十九歳を一期に心中して果てた。だが、この死は同じではない。織田作は、断じて死にたくはなかった。三高時代に発病した肺結核という業病を抱え、死を覚悟してはいたが、無頼な生活とヒロポンで自滅の道を一気に衝《つ》き進んでしまったのだ。

それにともかくも太宰治の場合は、「井伏さんは悪い人です」と書きながら、その井伏鱒二という師のおかげで、臈《ろう》たけた妻を娶《めと》り、蒲鉾《かまぼこ》の板に書かれた表札ではあったが、借家にしても、三鷹に自宅を持ち、子をなしている。が、いっぽうの織田作は、フランス帰りの夫妻が経営する京都のカフェ「ハイデルベルク」の住み込みの女給だった宮田一枝にひと目ぼれをして結婚式はあげたが、子はなさず、南海電車沿線の南郊に借家住まいをしたものの、むろん自分の家は持たなかった。放浪、漂泊が身についてしまっていたのだ。

だから昭子と生活するようになってからも、家を京都に買いはしたが一日も住まず、昭子は作之助が旅館で執筆している時、彼の背後に座り辞書を持って控えていたというのである。

むろん妻一枝の場合も同様だった。さらにつけ加えるなら、一枝が死んでからもなお、いや、彼女を失ったからこそ、いつも女性を脇に置かずにはいられず、大阪と京都と東京を漂流し続ける境涯から抜け出すことを、自ら拒んだのだった。

織田作が没して二年後、昭子は川端康成の紹介で、新宿の「ととや」へホステスとして勤めはじめた。林芙美子が自分の経験から、昭子に自活の道をすすめたのだ。才気煥発な昭子は、埴谷雄高など戦後派作家たちが夜毎にあつまる「ととや」で切り盛りを任されはじめていたが、やがて銀座で独立することをすすめられたのだった。──

当時、わたしは『三田文学』編集長の小説家山川方夫から、

「織田作之助の二度目と四度目の愛人だった昭子さんがやっているバーがあるよ」

と教えられて「アリババ」に通うようになった。

山川のこの妙な言い方は、作之助が昭子と生活するようになってからいったん別れ、オペラ歌手の笹田和子と数ヵ月〝結婚〟したがうまく行かず、また昭子と縒《よ》りを戻したという事情があったからだ。異常な出来事だったので、むろん多くの批判が浴びせられた。

「アリババ」へはたいてい山川と同道した。山川は何度か芥川賞候補になっている作家だったが、その頃三年ほどの間、週に二日ばかりサントリー宣伝部に来社して、『洋酒天国』の編集顧問的な役割りで一緒にやって貰う仕事があった。昭和三十七年春が、「アリババ」に出か

けた最初であったであろうか。

この酒場は、火野葦平や三島由紀夫や北原武夫、そして江藤淳らがよくやってくるすでに文壇バーの走りのような店だった。酒場は一階と地下にわかれており、かなり広い。三島由紀夫には、「アリババ」では会わなかったが、近くの喫茶店「門」では時々見かけた。北原武夫は妻の宇野千代と「アリババ」に一緒にいた所に出くわしたこともある。山川方夫がすこし固くなって挨拶していたことをおぼえている。北原は『三田文学』の重鎮だった。『告白的女性論』がよく読まれていたが、二年後に北原は宇野千代と離婚した。

吉行淳之介も書いているが、普通、文壇バーでは文学の話はしないものである。「アリババ」で飲む時は、当然のように文学の話は避けられた。あたり障りのない人の噂や女についての話は飛びかったが、たいてい映画や演劇の話題だったように思う。森鷗外の長女として人気があった作家・森茉莉と居合わせた時は、アラン・ドロンの話に一座が湧いた。息子のような年齢の山川方夫は森茉莉のお気に入りのようだった。

さて話を戻すと、作之助は大阪の南郊〃いくたま〃の上汐町で大正二年、仕出し屋「魚鶴」の長男として生まれた。しばらくは母の姓のまま鈴木作之助だったが、五歳の時、父・鶴吉と母・たかゑが籍を入れ「織田作之助」となった。東平野第一尋常高等小学校（現・生魂小学校）に入学。世代は違うが、五味康祐や開高健が同窓である。ここ生誕の地は、寺院を中心に生まれた町であり、《高津宮の跡をもつ町で、町の品格は古い伝統の高さに静まりかえっている（中略）が、高津表門筋や生玉の馬場先や中寺町のガタロ横町などという町は、もう元禄の昔より大阪町人の自由な下町の匂いがむんむん漂うていた》（「木の都」）と作之助は思い入れをこめて書いている。

府立高津《こうづ》中学から京都の旧制三高へ進む。文学放浪が始まる。成績は良かったが、出席日数が不足して中退。しかし、青山光二をはじめ多くの仲間を得た。妻となるひと目ぼれの宮田一枝とめぐり逢ったのも、三高近く東一条にあったカフェ「ハイデルベルク」である。

出世作となった『夫婦善哉』（昭和十五年）は、作之助二十七歳の作。一枝と知り合って五年目に書いた会心作だ。川端康成らが選考する改造社の文芸推薦を受ける。どうしょうもない浪花男の一典型・柳吉と、芸者上がりの女房・蝶子との男女の機微を、これほど見事に微細に描いてみせた文芸作品はほかにはないだろうと目利きの評者らを唸らせた。

《年中借金取が出はいりした。節季はむろんまるで毎日のことで、醤油屋、油屋、八百屋、鰯屋、乾物屋、炭屋、米屋、家主その他、いずれも厳しい催促だった。……》

蝶子の家の窮状から始まる『夫婦善哉』の冒頭は、どこか西鶴の文章の一節のようである。生國魂《いくくにたま》神社の近くで生まれ育ったということもあろう、西鶴に対する思い入れは強く、自然にこのような書き出しとなった。作之助は西鶴の墓所のある誓願寺で営まれた二百五十年忌に出ており、野間光辰の講話を聴いた。「西鶴忌」という一文も残している。

昭和十五年、作之助は前年から勤めていた日本工業新聞を転籍して夕刊大阪の社会部記者となった。仲間と将棋や俳句を愉しみ、連載小説を書いた。文章に切れ味が加わった。

俳句は、藤沢桓夫、石浜恒夫、小野十三郎らの「浅沢句会」に誘われて、時々、運座に出ている。俳号は丈六、いっぱしの俳人を気取った。浮世草子の匂いがある『夫婦善哉』は、自ら『西鶴新論』(同十七年)を書くことを予告しているようだ。そして俳句である。

行き暮れてここが思案の出入橋　丈六

この発句、作之助の畢生《ひっせい》の一句であるが、なにやら借金取りに追われて思案にくれている侘しい風景が見えてくる。出入橋がいい。『夫婦善哉』を書きながらの発句だった。

ところで、名作『夫婦善哉』のヒロイン蝶子は、姉タツだとも言われるが、そうではあろう。が、しかし一枝も分身であり、気性はもちろん、女っぽいきびきびした所作も容姿も、一枝そのものだ。映画での森繁久彌の名演技で、柳吉のイメージが鮮明に浮かんでくるが、蝶子(淡島千景)の造型も見事である。蝶子は自らママとなって柳吉と酒場まで営んだ。表現は全体に西鶴調だが、またそこがいい。彼女は、永遠に古くならない浪花の〝可愛い女〟の見事な肖像画であった。むろん織田作は、この一作あってこそ、文学史に残る存在と位置づけられていることは言うまでもない。

「冬」風の夜のフーガ——寒に入る酒場

冬の雷鳴——大沢在昌の新宿

草田男

雷《いかずち》の音ひと夜遠くをわたりをり

ハードボイルドには酒場がよく似合う、と誰もが言う。

元来、ハードボイルドとは、簡素で客観的な文体で表現する手法のこと。同時に、登場人物の非情な性格や作品世界を意味することにもなった。この作品の系列はヘミングウェイを始祖とするが、ダシール・ハメットやレイモンド・チャンドラーを挙げるまでもないだろう。彼らは、ウデを競うかのように、酒場の名場面を数々書き残している。

ここではじめに触れておきたいのは、わが国のハードボイルド作品についてである。この二十年、三十年の間にずいぶんすぐれたハードボイルド・ミステリーが書かれていると思う。それは長篇についても、短篇についても言えるだろう。

今や、和製ハードボイルドという言い方がおかしいと思われるくらい、本家の作品を陵駕するような珠玉の作品が現れている。その一篇、わたしが好きな短篇の、酒場から始まるスリリングな冒頭シーンを、先に引用してみたい。

「ひどい雷の晩でした」と、めずらしく〝ですます調〟で始まっている。

《その夜も、私はバーのカウンターの中に立っていました。ここじゃありません。新宿のすみっこにある、小さな店で、ひと晩だけ、バーテンダーをかわったんです。

七時過ぎでしたか、雷はひっきりなしに鳴っていて、たてつけの悪い扉のすきまがそのたびに白く光りました。頭の上の換気扇からは、ざあざあという雨の音が聞こえてきます。

営業中の札《ふだ》はだしてありませんでした。場所も場所ですし、とびこみで入ってくるような客はいない、そう思っていたんです。

扉が不意に開いて、男が入ってきました。よろめくような足どりで、全身、濡《ぬ》れねずみでした。(中略)男のすわった椅子の下には、見る見る水たまりができていきます。

「ウイスキーのお湯割りをくれ」

私のことは見ずにいって、男は腕時計をのぞきこみました。……》

(大沢在昌『雷鳴』)

ハードボイルド・ミステリーの大家である大沢在昌の『新宿鮫短編集』（光文社）の中の名作「雷鳴」の酒場シーンである。

この作家は、新宿の酒場の場面をいろいろと書いてきた。

むろん、ゴールデン街でバーテンダーをやっていたことのある馳星周が書く長篇の新宿のバーもいいし、また、北方謙三は、やはりハードボイルドなタッチで、長篇『抱影』では、主人公を四軒ものバーを経営する抽象画家と設定してストーリーを展開させている。ハマの酒場の魅力をとことん描いている。

けれど、大沢の「雷鳴」は、長篇ではない。そこが凄いと思われる。

新書版の短篇集に収められているのを見ると、たったの十五ページの作品なのだ。大きな現実のドラマを一瞬で切り取っている。そのほんの一瞬の間に、三人の登場人物を、猛烈な雷雨という状況下において、情緒を切り捨てて描いている。緊迫したバーの空気をすこしの隙もなく、微細に描いている。

バーテンダーの「私」と、殺し屋に追われて怯えきった濡れねずみの男と、雷雨の中をふらりと入ってきた新宿署の鮫島……。この鮫島を登場させているところは、大沢在昌にアドバンテージありと見てよいだろうが、それにしても、三人の男を不気味な葛藤の中において、作家のペンはどこまでも乾いている。男たちの一挙一動にスリルが視《み》え隠れして、目が離せない。文章にすこしのムダのないのも見事だ。

ここでやはり、ヘミングウェイを引き合いに出すことになる。あまりにも有名な文豪の短篇「殺し屋」は、ハードボイルドの見本のような作品で、世界の十大短篇小説を挙げれば、必ず入ってくる古今を通じての傑作である。だが、大沢在昌の「雷鳴」もまた、殺し屋が登場する物語で、結末のオチとショックは、「雷鳴」の方が、衝撃は大きいのではないかと、わたしには思われる。（ミステリーを語る際のルールだから、結末は書かない）

なぜかと言えば、ヘミングウェイの「殺し屋」は、オチが見えにくいからだ。「殺し屋」は、若者ニック・アダムスものの一篇を構成する作品と位置づけられている。ボクサーあがりの大男オーリー・アンダスンが、「殺されるのが分っていて部屋で待っていることを考えるなんて耐えられない」と、この少年ニックがショックを受けて、町を出るというのが、一見、この短篇小説の結末のように見える。実存的な状況と見る読者もいる。

むろん、町の食堂に現れた二人の殺し屋の迫力ある描写は、凄いの一語につきる。ニックもひどい目に遭った。殺し屋が酒を要求するシーンを含めて、すべての場面が簡素で、乾いていて、張り詰めた表現で書かれている。ひと言ひと言のやり取りが、恐ろしいほどの緊迫感を生み出しているのだ。

開高健は「殺し屋」について、座談会でこう語ったことがある。

《オレはなんにもできないというので、殺し屋がやってくるのを、元ボクサーのたくましい大男が、ただ横たわって待っているという、これはヘミングウェイの根本的発想だね……》と激賞している。（この座談会のメンバーは三人で、大江健三郎と吉行淳之介だった。二人も「殺し屋」を絶賛。わたしが担当していた『洋酒天国』54号に掲載された）

つまり、作者ヘミングウェイは、一片の作者としての感情もまじえず、見事な映画的手法とハードボイルド・タッチに徹し、リアルな出来事を書きながら、その意味するところは、文豪自身の生き方に主題がおかれた作品とも読めるのだ。肝心の核心部分が、名作であるがゆえにわかりにくいので、戸惑う読者があっても不思議ではないと見るムキもある。

さて。

冒頭に、現代俳句の巨匠中村草田男の、すこし孤独で自己を突き放したような一句を措いた。雷が鳴りひびく、豪雨の夜の大きな〝景〟である。その上、この一句、思わず稲妻が目に浮かんでくる。映画的手法の鮮やかな写生句だ。

一句の季節は夏、大沢在昌の「雷鳴」もまた夏の季語なのだ。

新宿のバーで、ひと晩だけ代わったバーテンダーが、客に「ウイスキーのお湯割り」と注文されて、大急ぎで鍋で湯を沸かすシーンがある。ちょっと滑稽だ。じつは季節はずれでお湯の用意がなかったのだが、印象的な場面である。

それにしても、この短篇はどこか冬を感じさせる。「お湯割り」もそうだ。

草田男の一句も、解釈のしようでは、「冬の雷鳴」であっても不自然ではない。凄味が出てこよう。

俳句は単純な一行の〝抒情詩〟ではない。

俳句的な情景を切り取って、作品の中で〝写生〟してみせた名手として、わたしは、ここで松本清張を挙げてみたい。清張は俳句もやる作家だが、その〝散文〟は、ハードボイルド・タッチが生きている。この小説家が、終電近い駅前の酒場をワンショットで捉えると、こうなるのである。

《国電蒲田駅の近くの横丁だった。間口の狭いトリスバーが一軒、窓に灯を映していた。

十一時過ぎの蒲田駅界隈は、普通の商店がほとんど戸を入れ、スズラン灯だけが残っている。これから少し先に行くと、食べもの屋の多い横丁になって、小さなバーが軒をならべているが、そのバーだけはぽつんと、そこから離れていた。（中略）申しわけ程度にボックスが二つ片隅に置かれてあった。だが、今は、そこにはだれも客は掛けてなく、カウンターの前に、サラリーマンらしい男が三人と、同じ社の事務員らしい女が一人、横に並ん

で肘を突いていた。》

（松本清張『砂の器』）

このくだりをわたしはノートに書き写してある。気に入っている導入部だ。余計なことは何も書かれていない。これぞ〃less is more〃つまり「より少ない言葉は、より多くのことを表わす」ということになる。元祖ヘミングウェイの手法である。そしてトリスバーを、簡素な俳句的ショットで捉えているところが、心憎い。敢えて引用した。

肘寒し――井上木它と角瓶

しぐるるやもの書く机肘寒き　　月斗《げっと》

昭和五年の秋も果てようとしている。

古びた木造社屋の二階。廣告部の真ん中で、石炭ストーブが真っ赤に燃えている。日はとっぷりと暮れて、外は木枯しが吹きはじめている。仕事を終えてストーブの近くに集まっているのは廣告部長扱いの文案家である片岡敏郎と、割付けと挿絵《カット》を任されている画家の井上木它《もくだ》をはじめ部員たちが五人ほど。

部屋の隅に据え付けられてあるかなり大きめの手巻き蓄音機からは、モーツアルトが流れている。どうやらシンフォニーらしい。

そこへ入って来たのが俳句の宗匠青木月斗と、同門で月斗の実妹が嫁いでいる河東碧梧桐《かわひがしへきごとう》の二人である。月斗は正岡子規の高弟と目され、大阪ばかりでなく広く俳壇では知られた存在だ。

冒頭の一句、「しぐるるやもの書く机肘寒き」を青木月斗は、この頃に詠んでいる。執務中の木它の方を見ての発句だろう。この暮れ方、一緒に来た碧梧桐は高浜虚子と並んで、子規門下の両雄の一人である。賑やかなサロンである。

「大将からウイスキーの差し入れがありましたのや。こっちゃへお座りなはれ」

案内したのは古参格の木它である。

大将とは鳥井信治郎のこと。自分を社長と呼ぶな、大将と呼べ、また、長男の吉太郎は若大将、敬三や道夫は若坊《わかぼん》と呼ぶようにと、社内にフレを出したのはつい先頃のことだった。

船場に近い旧住吉にある壽屋本社（サントリーの前身）の廣告部は、週末は夕方から、いつも部員たちのほかに俳人や絵描きや小説家たちが集まってサロンのような賑わいを見せるのだ。談論風発、いろいろのアイデアが生まれる。豪放磊落《らいらく》な月斗は、大将とは同年の明治十二年生まれ、本業は薬種商で、道修町には店のほかに月斗庵をかまえている。大将と相性がいい。

部屋の中ほどにある机の上には、前年発売した「サントリーウイスキー白札」が三本とオールドファッションド・グラスが幾つか並べられ、顔ぶれが揃うのを待っている。スコッチやカナダ風のラベルは木它の制作である。脇の棚には三井物産を通じて輸入した珍しいスコッチやカナディアン・ウイスキーのボトルが並んでいる。廣告部では次に発売するウイスキーのための準備が始まっている。独自の瓶の意匠《デザイン》を模索中なのである。

こういう場に、大将は顔を出さない。

ほとんど木它に一任である。大将の執務机の隣に席があって、今で言うデザイナーであるが、大将の木它への信頼は厚く、特別扱いだ。

木它は、大阪の代表的な洋画家であり工芸家でもある浅井忠《ちゅう》の門下で、同門の安井曽太郎、梅原隆三郎と並ぶ三羽烏の一人と言われている大家だ。日本画もよくし、工芸（とくにパッケージデザイン）のセンスもある。俳画を描かせても一流である。

今夕も現れた青木月斗は、俳句結社誌『同人』を主宰しているが、木它がその表紙に俳画を描いているので、宗匠の月斗は木它とは気脈を通じる間柄だ。これは大将公認であるが、壽屋廣告部のツートップの一人、スター的な文案家《コピーライター》である片岡敏郎には少々おもしろくない。その上、大将が廣告部長兼務だから、敏郎はいつまでも「部長扱い」のままである。微妙な差配である。大将は敏郎と木它の席を意識して離している。一緒にすることを避けている。

木它が描いた絵に、敏郎が文章《コピー》を載せている。ウイスキーも、三年前に発売した「スモカ歯磨」も、敏郎＝木它のコンビで傑作が数多く生まれている。

ハッハッハッハッハッ歯が白うなった　ハッハッハッハッハッ歯が白く！（スモカ）

醒めよ人！　すでに舶来妄信の時代は去れり……　（サントリーウイスキー）

と、いうような人の意表をつく広告が作られている。

大将は、諸芸にすぐれた人材が集まり、互いにグラスを交わしながら喧々諤々、思うことを語り合うサロンが好きである。だから住吉の壽屋本社二階には、船場住まいの高名な画家の小出楢重《こいでならしげ》や阪急沿線に住まいがある小説家の岩野泡鳴《いわのほうめい》、小説も書き文筆が立つ、関西財界の領袖である阪急の小林一三が現れることがある。まるで江戸後期の文人で南画家でもあり、大坂北堀江で酒造業を営んでいた木村蒹葭堂《けんかどう》のサロンに似ている。

大将こと信治郎は、商売には厳しいが、廣告部の面々には思い切り自由にさせている。よそ目には遊ばせているようにも見える。前述のように木它の机だけは一階だが、二階の廣告部の机の配置は、敏郎の好きなようにさせている。蓄音機も買ってこさせて、仕事中にもクラシック音楽かジャズが流れている。昭和十年前後の大阪はモダニズムの最盛の時代だった。

入社歴は木它の方が、敏郎よりも古い。

二人はスカウトされての入社なので、破格の待遇を受けている。敏郎は若い頃、小説家志望で、泉鏡花邸の書生を経験している。祖父、父はそれぞれ俳人であり歌人である。当然、生来の文芸的な素養の持ち主だ。

そこへ川柳作者として全国的に有名な結社誌『番傘』主宰の岸本水府《すいふ》が〝サロン〟に出入

りするようになる。川柳ばかりでなく、十年近くも「福助足袋」で文案家として辣腕をふるっている。千客万来、サロンにとって、文人、画人などの来訪は多いほどよい。

友だちは男に限る昼の酒　水府

この名調子は、田辺聖子が岸本水府をモデルに書いた実名小説『道頓堀の雨に別れて以来なり』にある代表句である。水府は高名な歌人の吉井勇とも親しく、勇が京都からやってくると、必ず酒宴となり、時に〝壽屋サロン〟に顔を出すことになる。吉井勇は大将のことをよく知っているからだ。こんな歌を贈っている。

宇伊須枝《ウイスキー》以の樽を見あげてたゝずみぬ酒《さか》ほがいする猛者のごとくに　勇

ウイスキーで祝い酒を愉しむという歌だ。水府は二年後に壽屋に入社する。──

木它＝敏郎が取り仕切る大将の〝壽屋サロン〟が賑わっている頃、東京の文士たちが関西に何人も移住している。

まず、志賀直哉が一家を挙げて奈良に住みはじめる。

尾崎一雄、広津和郎、小林秀雄も、直哉を追うようにして奈良に移住、大阪の小出楢重とも親しく交流するようになる。また、谷崎潤一郎の大阪贔屓《びいき》は有名だが「大阪の船場、島之内、心斎橋筋から道頓堀界隈は、大阪の中心である」と書いている。これは間違いではないが、「中心の一つである」と訂正しているのが、開高健と同じ天王寺中学出身の小説家宇野浩二だ。東京に住んでいるが、大阪が気になっている。

小林秀雄が、冬の夜、道頓堀をうろついている時に、突然、モーツアルトのト短調シンフォニーの有名な旋律が頭の中で鳴り出す体験をするのは、ちょうどこの時期である。小林は界隈を「うろついていた」と、有名なエッセイ「モオツァルト」の中で書いているから、船場から道頓堀へ歩く途中、壽屋本社の近くを通ったのではないかという想像も可能だろう。この体験は小林秀雄が出世作『様々なる意匠』を書くちょうど一年前のことである。

〝壽屋サロン〟では、「白札」を飲み、木宅が集まった面々の話に耳を傾けながら、次に発売するウイスキーのボトルの意匠にあれこれ思いをめぐらしている。「オールド・パー」を手に取って、「もっと東洋的で、日本的な独自の意匠がほしいねんな」と呟いている。大将は次のウイスキーを、いつ発売に踏み切るか、ひと言も言わないが、木宅には、

「ボトルの意匠はどや？　えゝウイスキーがでけるぞ！」

と、もう口癖になっている。「苦心のブレンドや、四角い瓶にしてほしな」とも言う。

ようやく亀甲模様のボトルも完成、同十二年九月、大将は満を持して、熟成十二年ものの自信作を、サントリーウイスキー「角瓶」として発売に踏み切る……。

さて。

この夏、大阪へ出向いた折、北の新地へ飲みにいった。三軒ばかり案内された。どのバーも懐かしくて、愉しかった。その夜、わたしは右記のような夢を見たのだった。

おでん――久世光彦の男と女

人情のほろびしおでん煮えにけり　　万太郎

この俳句に詠まれている情景は、多分、木枯し吹く夜の居酒屋か屋台であろう。どうやら、久保田万太郎の掲句からは、傷心の男が熱燗を一人飲んでいる孤独な様子が思い浮かぶ。そしてそれは、冬に入り夜の闇がいっそう深くなってきた頃であろう。親しみのある「おでん」は、歳時記で言うなら冬の季語である。俳人の稲畑汀子は「煮たった具に、辛子をつけて食べる風味は、家庭でも喜ばれるが、やはり、おでんの醍醐味は、おでん屋や屋台で、燗酒とともに食べることにつきる」と書いている。

また、山本健吉による、こんな記述が見られる。

俳句では冬の季語であるが、もともと田楽のことである。木の芽田楽、味噌田楽、串おでんなどである。今、おでんは竹串を使わず、汁をたっぷり使って、がんもどき、竹輪、つみれ、大根、こんにゃく、ハンペン、章魚《たこ》の足などのタネを煮込んだ煮込みおでんを言う、とほぼこんな解説になっている。なかなか含蓄のある一文である。

万太郎については既出の通りだが、すこし書き足しておきたい。

東京浅草の生まれ。小説家で、劇作家で、さらに結社を運営する俳句の宗匠である。慶応義塾大文学部を卒業し、同大講師となり、「古劇研究会」を創設。NHK勤務のあと、岸田国士などと文学座を結成した立役者。また安住敦らと俳句結社『春燈』を結成し、主宰となる。ある世代の人たちには、万太郎の芝居は印象的であろうが、俳句のうまさには定評があった。句集に『道芝』『わかれじも』『久保田万太郎全句集』など。菊池寛賞、読売文学賞、文化勲章を受ける。

神田川祭の中をながれけり　万太郎

湯豆腐やいのちの果てのうすあかり　同

二句とも有名すぎて、「古池や……」の句とともに、慣用句のようになっている。

さて、「おでん」に戻ろう。万太郎の世界は、どうやらこの季節、熱燗の雰囲気が漂っている。だが、「おでん」は必ずしも日本酒の世界だけで通用しているとは限らない。別にむきになって、そう言うのではない。

というのは、以前わたしが行きつけだった赤坂のバーでは、冬になると「おでん」を出してくれたからだ。そのバーは、ママとバーテンダーとアルバイトの女性が一人という小さな店だったが、おでんばかりでなく、帰る頃になると季節を問わずだったかと思うが、必ず小さなお碗の「蜆汁」が出てくるのだった。おでんでウイスキーを飲み、蜆汁で仕上げをさせてくれる酒場があった。

むろん、その前には原体験というようなことがあった。

それは評論家の古谷綱武氏がウイスキーのツマミには醤油味がよく合い、柿の種とか冬なら「おでん」などは最適だと言っておられた。それならというワケで、わたしも同道して、二人で浅草橋まで出かけて調査をしたことがあった。（当時から煎餅はアメリカなどへ輸出しており、一説にはロスあたりのバーでは注文すると出てくるという。古谷氏は、当時の『洋酒天国』に一文を書かれた）

だから、この万太郎の一句の情景に、酒が登場していたとして、それは苦い酒ではあろうけれど、必ずしも熱燗でなくともよいと思っていた。ウイスキーでよかったのである。

ところで、この万太郎の冒頭の一句は、久世光彦《くぜてるひこ》の掌篇小説集『飲食男女《おんじきなんにょ》―おいしい女たち』（文春文庫）の最後の一篇として置かれた「おでん」に引用されている。

久世は二〇〇六年に七十一歳で惜しくも急死したが、この作品は六十七歳の頃に書かれたもので、掌篇とはいえ、円熟した久世一流の濃厚なエロチシズムが漂っている。

久世光彦（一九三五〜二〇〇六）とは、どのような作家だったのか。簡単におさらいしてみたい。東京は阿佐ヶ谷生まれ。もともと演出家として活躍していた。東大美学科卒業。学生時代から習作を書いていた。TBSを経てテレビ番組制作会社を設立。ドラマの演出を積極的に手がける。一九九二年『女正月』の演出で芸術選奨文部大臣賞（放送）を受賞。九四年に『一九三四年冬─乱歩』で山本周五郎賞を受ける。五十歳代から集中的に小説を書きはじめたが、作品も多く各賞の受賞にも恵まれた。

男女をめぐるドラマ、小説で、名手と言われた存在だった。

掌篇小説集であったが『飲食男女』は、久世の世界を髣髴とさせる名作と言ってよいと思う。プロローグの「唇ふたつ」は題名からして何か思わせぶりだが、まさにその通りの描写で、気の弱い読者を驚ろかせずにはおかないだろう。

文庫の解説を気鋭の翻訳家、書評家でもある鴻巣《こうのす》友季子さん（一九六三年、東京生まれ）が書いている。この情景を女性の立場から、鴻巣はどのように捉え、解説しているのか、興味があった。彼女の一文から引用してみよう。

《この『飲食男女』には、「ぼく」と何某かの─多くはつかのまの─えにしを結んだちょっとみだらな年上の女《ひと》がたくさん出てくる。たとえば、プロローグ「唇ふたつ」の始まりはこんなふうだ。

「ぼくは、女の人のもう一つの唇が物を言うのを聞いたことがある。ずいぶん昔のことだが、ほんとうの話である。（中略）―目まで汗をかくような、八月の暑い午後だった。そんな暑い日だというのに、ぼくは三つばかり年上の女と、昔風の黒い扇風機がカタカタ回る四畳半で寝ていた。」

この年上の女は白い足をすり合わせ、（女性の白い足裏やひかがみを「ぼく」はよく愛でる）、じきに片膝を立てると、二枚の唇が、窓から射し込む西日に染まって、それはきれいな桃色になり、「ぼく」は何だか感傷的な気持ちになるのだった。このとき年下の男はどんな目をしていたろう、とわたしは思いをめぐらせる。》

鴻巣友季子は翻訳家であるとともに、いつも説得力のある書評を書いている文筆家だ。いい文章を書く人だ。しかし、ここでは、彼女はいつになく控えめである。むろん、大人の女性の眼を通した解説があるからこそ、男の読者は、この小説を〝安心〟して読むことができる。さらに元のテキストの、久世光彦自身の際立つ描写を拾ってみよう。

《女の人は、ぼくの方に裸のお尻を向けて、生干しの魚みたいにのんびり眠っている。「え？」とぼくは返事をした。女の人が何かを言ったような気がしたのである。（中略）ぼくは恐る恐る畳を這って、物言う下半身に近寄った。息を殺して顔を寄せると、二枚の唇が、渇いた鯉の口のようにパクパク動いている。窓から射し込む西日に染まって、それはきれいな桃色だった。》

洗練されたエロスの世界とは言いがたいが、どこか民話的でかなり土俗的ながら、色濃い久世流の吐露が伝わってくる。鴻巣はさすがに目利きで、これを直感的に遠野物語に結び付けたのである。（民話では女は実は狸なのである。納得である）

遠野物語は、説明の必要がないくらいよく知られている。柳田國男が岩手県遠野町（語り・佐々木喜善）の民話を編纂して一九一〇年に発表した。内容は天狗、河童、座敷童子、妖怪など怪談の類も多く、日本の民俗学の発展に大きく貢献した。久世の「唇ふたつ」は、佐々木喜善が語った「狸の女」（『聴耳草子』）を下敷きにしていると、鴻巣は指摘したのである。そして『飲食男女』のエピローグを飾っているのが、「おでん」と題した掌篇で、女房を寝取った相手の男と「ぼく」が屋台のおでん屋で話をする奇妙な場面が登場する。二人は酒が飲めない体質だった。

話は進まず、互いにただ食べるだけだった。

《ぼくたちは、ひたすらおでんを食べた。ぼくはそれまでおでんの鍋のハンペンというものを食べたことがなかったのに、そのハンペンまで食べた。隣の丸椅子で食べているご主人は、鼻の頭に汗を浮かべている。》――

久世光彦の妻朋子さんは小説作品もある文筆家であるが、先年数年間、銀座のバー「茉莉花」のママで経営者であった。お酒も飲める人である。しかし、光彦は飲めぬ人だった。

寒紅――武原はんと六本木

残る香のうすく老の寒の紅　　武原はん

寒紅《かんべに》、色も美しいが、言葉のひびきがきれいな季語である。

この句、どこかの花街にあって、微醺をおびた老芸妓が、お座敷を終えてから鏡台に向かっている情景が浮かんでくる。

ちょうど口紅を落とすところであろうか。老境にさしかかっているとはいえ、色香はまだはんなりと残っている「粋」な芸妓の姿なのである。こう読めるのは、むろん掲句が、芸者から身を起して、地唄舞の名流となった武原はんの一句だからである。それも武原はんが、虚子門の名高い女流俳人でもあったからだ。

だからこの句は、あるいは国立劇場の踊りの舞台を終えて楽屋に戻り、化粧落としの際のシーンなのかもしれない。詠み手が、日本舞踊の芸術院会員だった天下のおはんさんであるだけに、いろいろと解釈も広がるのである。

寒紅は、わが国古来から、女性が用いた極上のルージュとして知られ、本来、寒中に製した山形産紅花からとれる希少価値のある深い色合いを持つ紅のことだ。老舗の伊勢半などでは今も買うことができる。

どこか艶冶《えんや》な色香が感じられ、女流俳人には親しい季語であって、名句も多い。また、そうはいうものの、近代、現代の俳句に詠まれる寒紅とは、古来からの文字通りの小さな貝殻や紅猪口《べにちょこ》にねっとりと練りあげられた玉虫色とも比喩される深紅の「寒紅」ではなく、冬の寒い季節に女性が、棒状のルージュで紅を点《さ》すという意味ともなる。

いずれにしても、この季節、おんなが紅を点す所作は、艶冶であると同時に「粋」が匂ってくる光景ではある。

沈みゆくおもひ寒紅きつく刷《は》く　　吉野義子
円山《まるやま》の雪寒紅の猪口に降る　　長谷川かな女

この二句目、かな女の句はいかにも粋な一景である。

京東山の西麓にある円山の雪と寒紅の紅猪口を取り合わせた嘱目吟だ。つまり、目の前で起きたことをそのまま詠んでいる。

かな女は、寒紅の入った容器「紅猪口」を手にして化粧をしているのであろう。多分、明かりとり障子を開けた出窓から、その小さな猪口に粉雪が降りかかっているのだ。寒々とした光景であるが、酒宴に出る前の化粧かもしれない。心の中を全部言い切っていないので、この句はほのかに官能を刺激する粋を感じさせるようである。

義子の句は、寒紅といっても「刷く」とあるので、頬紅のことであるかもしれない。口紅なら「点す」と表現するはずだ。それにしても激しい一句である。

ではこの季語、男の俳人の手にかかると、どんな句になるのか。一例を挙げる。

寒紅の濃き唇を開かざり　　富安風生

これはどのような情況の発句であろう。遊里での吟であろうか。かなりデリケートな句意と読める。鑑賞はそれぞれ読み手に任せた方がよさそうだ。経験の違いで、読みや解釈が変わってくるはずであろうから……。

さて。

稀世の地唄舞の名流であった武原はんは、今では知る人もすくなくなっていると思われるが、実は虚子門の俳人でもあったのだ。それも虚子にかわいがられて、長年、特別に薫陶を受けていた。虚子は武原はんについて、こんな文章を残している。

《おはんさんは元、大阪の大和屋といふ宗右衛門町の芸者屋の子飼ひの芸子であって、十代ですでに有名な芸子であった……》

昭和二十八年、雑誌『俳句』に載ったその一文では、おはんを「俳句と文章だけでも天才的」と褒めあげているのである。子規、漱石の伝統を継ぎ、その後高浜虚子が主宰していた写生文の勉強会である「山会」の常連として、おはんさんはしばしば虚子から高い評価を受けるような文章を書いていた。

ところでわたしは、やや、大げさに言うと、同時代的に武原はんを知る（いや、おはんさんの生身の踊りを、お座敷で見たと言うべきか）、そのほとんど最後の世代の一人と言ってよいであろう。

昭和四十六年春、その頃、六本木にあった武原はんが経営する料亭「はん居《きょ》」で、おはんさんの話を聞き、踊りを見ているのである。この料亭には、総ヒノキの舞台が備え付けられてあった。

たまたま、作家の大仏次郎氏らと、わたしが勤務していた会社のトップとの宴席に、わたし自身も居合わせたのである。八人ほどの集まりであったであろうか。

地唄舞の「雪」を舞ったあと、暫らく時間をおいて、武原はんは宴席に現れ、大仏次郎の脇にすわってその座に合流したのだった。

おはんさんは、その時六十八歳。このような酒席でどんな話題が出るのか、興味津々《しんしん》だった。とにかく、作家の里見弴、歌人の吉井勇と並ぶ大酒豪で、別名は女タンク。バーも好きでよく行ったが、清酒はむろん、ウイスキーもビールも、大いに飲んだ。

ところが話題の方は、当方が期待していたわりには、意外にも普通の話だったので、おはんさんのやってこられた活動の継続力と集中力はさすがに凄いとは思いながらも、拍子抜けしたところもあった。

たとえば健脚だったことと厚い信仰心から、五十代半ばまでの十七年間、「御嶽山女人講」を続けた話、これは驚異であったが、その後も健康のために、真向《まっこう》法（一種の健康体操）、竹踏み、乾布摩擦をやっているなどということは、おはんさんにしては年齢相応とも言える現実的な事柄なのであった。

鎌倉でおはんさんの家と隣組だった大仏次郎も、それを感心しながらじっと聴いているのである。まあ、この粋の体現者のような上方舞（地唄舞・座敷舞）の高名な舞踊家がということで、かえって今にして、しっかり記憶に残っているのであろう。

ところで武原はんは、明治三十六年（一九〇三）に徳島の花街の裏のブリキ職人の家に生まれている。瀬戸内寂聴さんとは同郷である。十一歳の時に両親と大阪に転居。そこでミナミの歓楽街、道頓堀北岸の宗右衛門町にあった大和屋の芸妓学校に通うことになる。座敷舞、地唄舞の名流である山村流のいわゆる上方舞を修業。十四歳で芸子になり、二十歳までつとめたという。虚子が書いている通りなのだ。

関東大震災の年に東京へ出て、昭和五年、二十七歳の時に、資産家の息子で、古美術評論家として知られた青山二郎の後妻となり、二郎のサロンにつどう小林秀雄、永井龍男、中原中也、大岡昇平らと親しくなった。白洲正子とも昵懇《じっこん》だったが、これらの人々との交友が、その後の武原はんを作ったという。しかし、五年目に離婚。ずっと独身を通して踊りと俳句と写経に打ち込むとともに、「はん弥」という名前で新橋芸者となった。小林や永井らとの交際は続いていたという。

昭和二十一年、銀座木挽町に再建された「なだ万」を引き受けて女将となった。踊りも続けていて、同二十五年の三越名人会で地唄舞「雪」を舞い、すでに大評判になっていた。正式なデビューは五十歳になった二十七年の新橋演舞場でのリサイタルだった。遅いスタートだが、その後の精進は見事。四十七年に菊池寛賞、六十年に芸術院会員となり、六十三年には文化功労章を受章している。

昭和六十一年秋、サントリーホール落成記念の会では、地唄舞「寿」を舞った。これもわたしは、幸いにも観ているのである。

その翌年、「寒紅のうすくてゆかし明治の女」というみずからを詠んだ印象的な一句を残している。おはんさんは、平成十年、九十五歳という長寿で他界するまで、懸命に舞い続けた。まことの「明治の女」だった。

凍てる——ヘミングウェイと戦争

水の流れる方へ道凍《い》て恋人よ　六林男《むりお》

カフェや酒場回游を続けながら独自の文学作品を生み出した作家たち……。酒ばかりでなく酒場を偏愛してやまない作家や詩人たちは、俗世間の掟に捉われない魂のボヘミアンである。

古くはエドガー・アラン・ポー、ヘミングウェイ、チャンドラー、そしてわが国の戦後昭和の作家たち、たとえば太宰治、織田作之助、安部公房、開高健などを挙げてもいい。彼らの生のドラマは、作品の根底を支える基石として見逃せないものばかりだと思われる。

開高健は、ヘミングウェイの体験を志向した作家と言われてきたけれど、なぜかこの文豪についてまとまった文章を書いていないのだ。（『開高健全人物論集』第四巻は外国人篇で、サルトルなど三十九人が収録されているのだが、ここにも見あたらない……）

戦争、酒と美食、パリやマドリッド、さらにニューヨークのカフェなどの酒場漂流、大魚をねらった釣、そして女性遍歴、そのうえ歯切れがよくて、しかもリズミカルな即物具象的な文体も、開高にはヘミングウェイをどこか連想させるところがあった。

ともかく、それにしても開高がヘミングウェイを書いていないはずはないと思っていた。ずっと探していたところ、やはり開高は書いていたのである。新潮世界文学全集の『ヘミングウェイ』巻Ⅱ（一九七〇年一月・刊）の月報に「戦争体験と作家」と題して、この大家をめぐる文章を寄せていた。開高はこう書き出している。

《いつか大岡昇平氏とお酒を飲みながらあれこれと、文学談をしていた時、何かの話題にふれて氏は、

「……戦争にいかなかったら小説家にはなっていなかったかもしれないよ」

とつぶやいた。

べつの日に武田泰淳氏とお酒を飲みながらあれこれと、文学談にふけっていると、何かのはずみに、ふと、氏は、

「兵隊にとられて中国へいってなかったら、オレは小説家にはなってなかったな。それはいえるようだぞ」

とつぶやいた。……》

ここで開高はストレートにヘミングウェイを書いてはいない。まずは作家にとって体験がどんなに大きな意味を持っているかを書こうとしているのだろう。たしかにヘミングウェイは、一九一八年、第一次世界大戦末期に志願して傷病兵の輸送にあたり、イタリア戦線で瀕死の重傷を負った。十九歳だった。そして一度は帰国するが、禁酒法時代のアメリカを去って、三年後にはパリ生活を始める。いっぽう開高も一九六四年、朝日新聞特派のベトナム戦争従軍記者を体験し、九死に一生を得た作家だった。

さて、一九二一年の厳冬下、ヘミングウェイは二十二歳、その年、八歳年上のハドリー・リチャードソンと結婚し、パリに移住。そして文学史上まれに見る豊かな芸術革新運動の時代を体験する。後年、ロスト・ジェネレーション（近年、「自堕落な世代」と訳される！）と呼ばれた第一次大戦後の新しい文学世代が台頭しはじめていた。

俳句の紹介者としても知られるイマジズム（自由詩運動）の詩人エズラ・パウンドや『グレート・ギャッツビー』（『村上春樹翻訳ライブラリー』）などでわが国でも人気のあるスコット・フィッツジェラルドなどがいた。新進作家たちや奔放な女たちとの濃密な交友関係は、処女長編『日はまた昇る』のメインテーマとなった。パリの酒場《カフェ》とスペインの闘牛場を舞台に、戦傷で性的不能になった主人公ジェイクの悲恋を感性豊かに、凍った道の先に居るような恋人ブレットとの屈折した関係を、繊細に、そして熱く描いている。虚無感に抗《あらが》う若者の姿は、現代の読者にも読み継がれ、高見浩の新訳（新潮文庫）は今も版を重ねている。

独特の空気を感じるマドリッド近郊の酒場のシーンを引用してみよう。

《……リッツにそっくりのホテルの前に車を止めた。三人でバーに入り、高いスツールに腰かけてウィスキーのソーダ割りを飲んだ。

「この勘定、ダイスで決めようじゃないか」

で、深い革のダイス・カップからポーカー・ダイスを転がした。最初にビルが勝ち、マイクがぼくに負けて、バーテンに百フラン紙幣を渡した。ウィスキーは一杯十二フランだった。もう一度勝負をして、またマイクが負けた。負けるたびに、マイクはバーテンダーにチップをはずんだ。奥の部屋ではセンスのいいジャズ・バンドが演奏していた。心地よいバーだった。ぼくらはまた勝負した。……》

この小説には、このようなシーンが数多く描かれている。チャンドラーの小説の酒場はあたかもここにルーツがあるような気がしてくる。そして、開高健の小説の酒場もまた、へミングウェイの情景描写に並ぶものだ。遺作となった連作短篇集『珠玉』の冒頭のバーのシーンを読むと、ヘミングウェイの読者はきっと既視感《デジャ・ビュ》におそわれるだろう。

そしてまた開高は、ベトナム戦争体験なくしては書けないことをヘミングウェイについて鋭く指摘しているのだ。戦争観とも重なってくる。開高はこう書く。《戦争ほど人を連帯感に赴《おもむ》かせつつ同時に徹底的に人を個別化し、独立させてしまうものはないのである》

そしてさらに熱がこもってくる。

《……ヘミングウェイはその強壮な肉体にもかかわらずあまりに敏感な感応力をあたえられた人であったので、生涯、戦争であると、闘牛であると、釣りであるとを問わず、ヒトという動物が《経験》について味わうはずの焦燥のどうしようもなさを、幼児に似たいらだちを、ただそのことだけを、ひたすら追いつづけたのであった。しばしば彼が長篇より短篇で、長篇も構想よりは細部で、みごとに感性の純粋抽出ともいうべき作業に成功して、読者にいたましい、氷にたわむれる日光のようなたまゆらのにがい微笑をうかべさせることができた……》

と開高はひと息に書く。短いけれど鋭い。これが開高健のヘミングウェイ論のすべてだった。既成の文豪のイメージとはかなり異なる。主人公ジェイクは、そのままヘミングウェイではないが、性的不能以外は、作家は自分を書いたのだ。

ここで、冒頭の即物具象派の俳人鈴木六林男の一句が、『日はまた昇る』の主人ジェイクの凍った心とつながってくる。戦傷ゆえに美貌の恋人ブレットと悦びを共有できないいたましさ……。灼熱のスペインを舞台にしているが、主人公の心は厳寒であった。凍道《いてみち》を一人行くごときものであった。

註＝開高健は、一九八九年十二月九日に没したが、その年の『PLAYBOY』誌二月号に、ヘミングウェイ死後二十五年たった一九八六年に刊行された『エデンの園』について、「E・ヘミングウェイの遺作『エデンの園』を語る」という数ページにわたる談話を一篇残していた。ちょうど沼澤洽治訳で翻訳が集英社から出たばかりの時期だった。

ゆく年――安岡章太郎とビート詩人

ゆく年や壁に恥たる覚書《おぼえがき》　其角
落花枝《らっかえ》にかへるとみれば胡蝶《こちょう》かな　守武

二〇一三年、九十三歳で他界した小説家・安岡章太郎は若い頃に『いざこざ手帳』というコラムを『週刊読売』（二〇〇八年休刊）に連載していた。この文章は街の話題がちりばめられていて、それとなく捻りを効かせた面白い読み物だった。

のちに単行本にまとまり雪華社から出たが、あとがきでこんなことを書いている。

《番犬は泥棒の番に吠えるのが役目だろうが、泥棒がこなくても彼らはまるで義務感にかられてヤミクモに郵便屋だの酒屋の小僧だのに吠えつくものらしい。》

安岡はまだ四十歳前後でありながら、『海辺の光景』や『アメリカ感情旅行』など力作を次々に発表していたが、銀座や新宿のバーでシャンソンを粋に唄うことでもよく知られていた。

後年、村上春樹が若い頃すごく惹かれたという名作『ガラスの靴』の作家は、あの『三田文学』派とも言うべき一種の精神的〝ダンディズム〟を持ち合わせていた。

かつてある夜のこと、わたしは小説家で職場の先輩でもある開高健と銀座のバー「G」に出かけ、安岡と合流したことがあった。開高も学生時代からフランス映画とシャンソンが好きで、ジャン・ギャバンに惚れ込み、ジャック・プレベールなどの詩を訳し、何曲も愛唱歌を持っていた。その酒場で微醺の安岡は、早速、義務感にかられたくだんの〝番犬〟よろしく開高健に近づいて、話しかけた。

「一曲、一緒に唄おうか──」

バーの片隅で粋にブルースを弾いているフィリッピン人らしいピアニストのところまで開高を連れて、歩み寄った。開高健とバーで会うと、安岡はいつもシャンソンを唄わずにはいられなくなる。まずは、「枯葉」であった。

Oh! Je voudrais tant que tu te souviennes ……

（オー ジュヴドレ トンク トュ トゥ スヴエンヌ …）

二人はピアノに合わせて歌いはじめた。その夜、バー「G」では、「枯葉」の歌声が、めずらしく扉の外まで聞こえていた。──

《このところ片カナで、わけのわからぬ言葉が流行しているらしく、随所でぶつかり、面くらうことが多い。曰わく、ビート・ジェネレーション、ヌーベル・バーグ、アングリー・ヤングメン、等々。》

これは安岡章太郎が、その連載コラムで書いた一節であるが、この時代はビート・ジェネレーションが全盛期を迎えていた。若者の生き方やファッションにも影響を与えていた。一文で安岡は他人事のように書いているけれど、年齢的にはご本人も、それと開高も、ビート・ジェネレーション真っ只中の世代なのだ。安岡は詩集『吠える』のビート詩人アレン・ギンズバーグや、翻訳も出ている『オン・ザ・ロード』の作家ジャック・ケルアックの存在を、とっくに知っていたし、一縷の関心を持っていた。

念のために安岡章太郎について簡単に書いておくと、吉行淳之介や阿川弘之らとともに第三の新人と言われた小説家である。遠藤周作とも極めて仲がよかった。一九二〇年、高知県生まれ。戦中派だった。慶応義塾大文学部予科に入学したが、在学中の四四年に入営して満州九一八部隊に所属して厳しい体験をした。作品『遁走』に詳しい。しかし、出世作は五三年、『悪い仲間』と『陰気な愉しみ』で、これは芥川賞を受賞。エッセイの名手でもあり、軽妙な筆捌きは多くのファンを持った。(一部『新潮文学大事典』を参照)

さて正確には、ビート・ジェネレーションとは、一九一四年から二九年頃までに生まれたニューヨークのアンダーグラウンド系詩人や作家の「世代」のことだ（彼らが活躍したのは一九五五年〜六四年頃までか）。洋の東西を問わずひどく苛烈な時代に生まれた世代で、やはり村上春樹で有名になったフィッツジェラルド世代の「ロスト・ジェネレーション」を捩《もじ》ってケルアック自身が創った用語だという。

ここでなぜ、冒頭に荒木田守武の有名な一句を掲げたのか。

この落花の句はビート詩人と深い関係がある。つまり、ビート詩人たちはジャズや麻薬や激しいセックスばかりでなく、日本の禅とか俳句にいたくご執心で影響を受けているのである。鈴木大拙の禅についての英文の本が読まれていたし、俳句はブームとはいかぬまでも、二十世紀になってニューヨークでは何度かＨＡＩＫＵ熱が盛りあがっている。

能や禅に詳しい詩人のエズラ・パウンドが、守武のこの一句に出会って霊感を受けたのは、一九一〇年代のことだという。この時、詩人の全身には電流が走ったと伝えられる。即座にこんな英訳が生まれたのだ。

The fallen blossom flies back to its branch : A batterfly.

中学の教科書に出てくる単語だけで、俳句が見事に英訳されている。比較文学の世界ではよく指摘されているが、日本のＨＡＩＫＵ、まさに俳句という超短詩型文芸がビート詩人たちを大いに刺激し、痺れさせた（参照、児玉実英『アメリカの詩』など）。まさに記念すべき名訳だという評価が高い。「らっかえにかえるとみればこちょうかな」――このように元の一句を音読してみると、あらためて素直な翻訳であることがわかるが、俳句の切れ字を「‥」で表現する涙ぐましい努力のあとも見てとれる。

ところで、荒木田守武（一四七三〜一五四九）とは何者か。芭蕉の生誕より九十五年も前に七十六歳で没した俳諧師、俳人である。芭蕉が俳諧の芸術的完成者とすれば、守武は芭蕉を登場させる遠因を作った文人と言っていいだろう。各派乱立の時代を迎えるが、守武に発し芭蕉に至る道筋が、実はおもしろい。議論百出であった。じっくり読みあさると得るものも多いのだが、今はやめておく。とくに守武は、独吟千句が有名。西鶴にも先行した今から五百年以上も前の俳諧師だったのだ。元の句に戻る。

落花枝に帰ると見れば胡蝶かな　（「菊の塵」より）

この句は「落花枝に帰らず」ということわざの成句をひねって、「桜の花びらが、あれよ、枝に帰るなと見たら胡蝶だった」と、逆をついた機知がおかしい。謡曲「八島」に「落花枝にかへらず。破鏡ふたたび照らさず」とあるが、この時代すでによく使われていた慣用句だった。また、この句は守武の句ではなく、他に作者がいるという説もあるようだ。もし、それが真説なら、ちょっと興ざめである。

守武の俳句や鈴木大拙の禅などに影響を受けた、いわば生マジメなビートニクの時代（一九六〇年前後がピークか）は、やがてファンキーという言葉に置き換えられる激しい時代となる。ちなみに、安岡章太郎よりも五年あとに芥川賞を受賞してデビューした石原慎太郎が、ファンキー・ジャズを主題にした『ファンキー・ジャンプ』（『文學界』）を発表したのが五九年八月だった。三島由紀夫の激賞もあって話題になった。

ファンキーの定義はむずかしいが、ジャズを中心に文学や美術やファッション、さらに若ものの生き方にもかかわる時代の一潮流であった。

まだ、ファンキーな時代が続いていた一九七二年頃だったろうか、わたしはニューヨークにしばらく滞在していた。そして、グリニッジ・ヴィレッジのジャズ・スポット「ヴィレッジ・ヴァンガード」や「バードランド」に幾晩か通った。暗い路地裏を一人で歩きながら、「ヴィレッジ・ヴァンガード」に辿り着くと、薄灯りがともるジャズの殿堂は、いかにも小さくて暖かだった。ビート詩人の時代は、とっくに過ぎ去っていたけれど、このジャズ・スポットには、まだ濃厚にビートニクの匂いとファンキーな息づかいが漂っていた。

一九〇〇年ころから、この辺りはポーやユージン・オニールなどが住んでいた地域として知られていた。そして六〇年代から七〇年代にかけては、ジャズメンやアンダーグラウンドな芸術家たちも多く住むようになっていた。隣接するソーホーに二十八年間暮した美術家の近藤竜男氏と、練馬区立美術館で二〇〇二年に開催された同氏の個展「ニューヨーク⇕東京1960〜2001」の会場でお目にかかった時、そんなことを伺った。同氏の好著『ニューヨーク現代美術』（新潮社）には、当時の前衛的な画家、デザイナーばかりでなく、詩人、ジャズメンたちの動向が生き生きと描かれている。貴重な一冊だ。――

安岡章太郎は、ある時ラジオ出演した遠藤周作が、女優のN嬢から「では、フランスの〝ファンキー〟についてのお話を……」と質問されて、ぐっとつまって、「いや、なかなか元気なもんです！」と答えてしまった、と、おかしなエピソードを書いている。ファンキーはすでにフランスにも伝染していたようだ。が、むろんファンキーとは、ただ野性味とか、元気なとかいうだけの意味ではない。どこかアンダーグラウンドな感覚がともなっているし、黒人音楽らしいジャズの彫りの深い陰翳を持っている。

この世代の代表者は、何と言ってもジャック・ケルアックとアレン・ギンズバーグだ。懐かしい詩人たち。昨今、ケルアックの代表作『オン・ザ・ロード』の新訳（青山南訳・河出文庫）が出て、書評欄の話題になった。二人は、ともにコロンビア大学に学んだが、ケルアックは中退。いっぽうギンズバーグは同大学を卒業し、その作品は、諏訪優によって『吠える』『麻薬書簡』（ウィリアム・バロウズとの共著）など訳出されている。ビート詩人たちは、ファンキーな潮流とも被っているが、とくにチャーリー・パーカーのジャズからの影響が強い。石原慎太郎も、当時、同様の傾向だった。

グリニッジ・ヴィレッジの酒場の、目と鼻の先にある小さな書店の棚には、英語で書かれ、それぞれに装丁を凝らした小型の句集が何種類も並んでいた。ジャズと禅と俳句。それに酒場のバーボン・ウイスキー……。ニューヨークに出かけてみて、はじめてそんな取り合わせに気がついた。

たしかに、安岡章太郎には『アメリカ感情旅行』という素晴らしい現代アメリカ論があるけれど、小説家としてビート詩人やファンキー・ジャズに傾倒した作家ではない。この冴えた批評眼の持ち主である長寿だった小説家は、時代のシンボルとして、あるいは日米の風俗として観察していたのだ。遠藤周作のエピソードはそこにつながる。

安岡章太郎が好きだと言っていた、やや異端の蕉風俳句がある。これは安岡らしい。

　ゆく年や壁に恥たる覚書《おぼえがき》　其角

数年前の厳冬の時期に、また、わたしはニューヨークに出かけた。其角の句にあるように、まさに年の暮。その時は、ホテル「W」に泊まった。古くて小さなホテルだった。壁にスケジュール表を貼って、仕事の時間を調整していた。恥じることはなかったけれど。

時間を作って近くのジャズ・スポット「ブルーノート」に行った。ウイスキーもうまかったし、ジャズの演奏も一流だった。しかし、すでにビートニクの匂いも、ファンキーなエネルギーも消え去っていた。すこし混み合ってはいたが、スマートな高級サロンのようなスポットで、上品にジャズを聴くのはちょっと辛いものだな、と知ったのである。年末、ぎりぎりに帰国した。

「新年」空飛ぶ鳥を見よ――めでたき酒場

去年今年——高浜虚子と根岸家

去年今年《こぞことし》貫く棒の如きもの　虚子（句集『六百五十句』）

夢もなし吉凶もなし去年今年　澄雄（句集『天日』）

《妙な酒場である。

もっとも妙な酒場ということでは、このところ近在にあまねく知れわたっている。私が言う意味はすこしちがっている。

ここでたむろすお客はみな酔っぱらっている。酒場だから、酔っぱらっているのはあたりまえだが、しかし多くの酒場の客は、「根岸家」の客とくらべる時、酔っぱらっているうちにはいらないのではないか、ということなのである。——》

この一文は二〇〇八年に惜しまれながら他界した異色のノンフィクション作家・草森紳一

が四十年余り前に探訪したルポの冒頭である。戦後、全国に有名をはせた横浜の国際酒場「根岸家」を取りあげたルポで、題して「酔いどれ酒場――根岸家」という。タウン誌のはしり、伊勢佐木町の『ＩＳＥＺＡＫＩ』一九七〇年十二月号に載った。

草森はさらに「外で酒を飲む場所は、この世にバー、キャバレーといろいろあるけれど、そこで人は酔いこそすれ、けっして酔いどれることはない」と根岸家の異色ぶりを指摘した。が、草森が強い関心と愛着を示した根岸家の客は、じっさい精神も肉体も酔いで一緒に溶けてしまっているかのように見えるのだった。

このようにこの酒場を書いているわたしも、実は学生時代に出かけており、根岸家についてはこの目で見ており、そして何度か飲んだことがあるのだ。懐かしく、忘れられない酒場であった。

時期は、わたしと同年齢の草森紳一が訪れた時よりもいささか早い。初回は一九五八年（昭和三十三）の大晦日。数えでやっと二十歳になった年で、わたしは一人ではなく、一歳上ではあったが高校で受験勉強をともにやった友人と一緒だった。そのＨ君は東大生になっていた。

根岸家という国際酒場は、のちに黒澤明が映画『天国と地獄』で、誘拐犯を追い込む飲み屋の舞台にしたと言われた、ただならぬ異空間であり、店内は思わず眩暈《めまい》をもよおす強烈な熱気とカオスが漂っていた。

低い天井をよれよれの万国旗が覆い、客は半分が外国人。港に上陸したばかりのギリシャやマレーシヤの船員、朝鮮戦争を戦ってきたようなアメリカの帰還兵、そして金髪の女もいた。娼婦だったかもしれない。鏡張りの壁面には日本語をはじめ中国語、ハングル、英語、ギリシャ語など各国語のメニューがびっしり貼り付けてあった。

SUNTORYやKIRINやKIKUMASAという文字も見える。さらに店内には鳥居や酒樽やビール樽が混然と置かれている。そこには見事にと言っていいくらい、混沌とした敗戦後の日本社会に沁み込んだ雑種文化の臭いが立ち込めていた。

隅の薄暗い不愛想なテーブル席につくと、小太りのおばさんが注文を取りにきた。意外であった。おばさんは〝女給〟であったのだ。すこしほっとして、我々はトリスのハイボールを頼んだ。

「お兄さん、はい、トリハイを二つ。塩マメは突き出しだよ」

すぐにタンブラーのハイボールを運んできて、おばさんはテーブルに置いた。硬い氷の間から炭酸がぷつぷつと音を立てて酒が溢れそうだった。コハク色が凄く濃く見えた。

その大晦日の夜、二人はなぜか申し合わせたようになんぼかの学費の一部を持っていて、それで野毛から伊勢佐木町界隈のトリスバーを、三、四軒ハシゴしていたのだった。近くには親不孝横丁という飲み屋街もあったが、そこは素通りしたこともおぼえている。

さて、やや緊張しながらうらぶれた洋食屋のようなテーブルで飲んでいたが、その時、となりでコップ酒を呷《あお》っていた老人が新聞紙の切れはしに何か書いてよこしたのだ。一瞬ひるんだけれど、それを手に取った。紙片にはエンピツでこう書かれていた。

去年今年貫く棒の如きもの　　虚子

四角い文字が目に飛び込んできた。俳句か？

「虚子のハイクだよ。今、この時間を句にしたもんだな。知ってるかい」

老人はしたたかに酔っていたが、しっかりした口調だった。はじめて目にした俳句だったが、心打つものがあった。

「知りませんでした。虚子の句ですか。……もう年が、明けますね。元旦だ……」

と応じるのが精いっぱいだった。

「そうだな、新年だ！」

と、老人が顔をあげずに呟いた。我々は若気の至りで、そんな酒場にいたのだったが、この句からは、大晦日の晩を「根岸家」などで酔いどれている老人の呟きの中に潜んでいる老残の慟哭が聞こえてくるようだった。あとで知ったが、この句を詠んだ明治七年生まれの老虚子はこの年、昭和三十三年には八十四歳。「春の山屍《かばね》をうめて空しかり」、こんな句まで作っているが、一句が予言となった。翌年他界した。

虚子の去年今年の句には、わたしにとって根岸家の虚ろな喧騒がつきまとっている。しかしながらさらに言えば、この句は子規門の高弟であった高浜虚子畢生の名作だったのである。歳月を指して、よくぞ「棒の如きもの」と言いきった、と誰もが言う。「虚子の怪物性を端的に示す句。俳句くさい季語を用いながら、そこをとび出して人間世界のすべてを蔽いつくしている」と、この一句について喝破したのは飯田龍太だった。龍太は「虚子俳句を集約する」代表句として、

子規逝くや十七日の月明に

とともに掲句を選んだのだ。老残のひびきには触れていないが、やはりこの冒頭の一句には過ぎ去った時間という虚しい風が吹いている。虚子、七十六歳の作だ。つまり、昭和二十五年十二月二十日、鎌倉での詠と言われるが、新年の放送のために作られた。

むろん「去年今年」は新年の季語。この時代は、当然、テレビはない。ラジオも民放はま

だなく、虚子は「中央放送局」と呼ばれていたNHKの同二十六年正月のラジオ番組で放送したのだった。

句の意味は、「あわただしく年が去り、年が来る」ということだ。しかし、「貫く棒の如きもの」という表現が、単純に旧年・新年を通しての感慨を述べたものではない。俳人・龍太が評しているように、この一句は、そのような年が明けるという印象を超越して、人間世界に迫っているからだ。時空を主題にしていると言い替えることもできる。

その頃どんな思いで人々が一時代を生きていたかを窺わせる。

根岸家のインテリ老人の思いもこの句に込められている。戦後そのものを重く背負いこんでいるのだ。敗戦の傷跡もまだ癒えていない昭和二十五年という年は、六月に朝鮮戦争が勃発し、九月に警察予備隊が生まれている。軍事産業が息を吹き返し、風俗的なことに触れれば、トリスバーの第一号店が池袋（「どん底」）に、時を同じくして大阪のお初天神にもトリスバー（「デラックス」）が開店した。時代はようやく動きはじめていたものの、人々の心はまだ混沌として閉じたままだった。

それは八年後、わたしたちが大学に入学した昭和三十三年頃まで、この時代の重い空気と無縁ではなかったと思う。歳月に流動感はなく、去年も今年も、ただ硬直した一本の棒のように過ぎて行くだけという時代のイメージを、この一句で虚子は提出したのである。

しかし顧みると、年の瀬とか新年の気分には、めでたいばかりでなく、どこか空虚な風も吹き込んでいるようだ。現代の俳人・森澄雄には、こんな一句がある。

夢もなし吉凶もなし去年今年

平成十三年に上梓された句集『天日』に見える。

後年、青江三奈のヒットソング「伊勢佐木町ブルース」(昭和四十三年)で、全国に知られるようになったエキゾチックな横浜の繁華街・伊勢佐木町。その一郭に、戦後まもなく開店した「根岸家」は、黒澤の映画『天国と地獄』(昭和三十八年)では、それと思わせる巧妙なセットが作られて、往年の酒場の姿をリアルに再現していた。そして根岸家をいっそう有名にした。しかし聞くところによると、昭和五十五年には閉店し、その後、火事で焼失したという。

草森紳一が根岸家をルポした昭和四十年頃は、「妙な酒場」ではあっても、すでに客の多くが日本人だった。一人でも仲間とでも平気で入れたし、即席の舞台で演歌をうたっている客もいた。歓談しながら酒を愉しめる、いわば普通の人間の顔をした酒場に変身していた。

けれども思えば、黒澤映画の酒場のセットは、どぎつい印象だった。あの映画で描かれた黄金町《こがねちょう》のいわゆる特飲街にたむろす娼婦たちの嬌声と同様、どこか過剰な演出が感じられたものだ。

それはともかく、先日、十歳ほど上の従兄《いとこ》に初期の根岸家のことをすこし訊ねてみた。

「とても入る勇気なんてなかったよ」が第一声だった。そして「あそこは拒絶するような雰囲気があったからね。近くのトリスバーか、せいぜい出来たばかりの〈養老の滝〉に入ったことが、あったかなあ──」という心もとない返事だった。

それにしても我々二人は、たとえ数回にしても、学生でありながらよくもまあ出入りできたものだ。あの頃は、戦後の混沌とした時代の〝滑稽と悲惨〟のシンボル「根岸家」があり、新しい風を感じさせる〝開かれた〟トリスバーが共存していたのであった。今や、横浜は健康で清潔感のある〝みなとみらい〟の文化都市だ。往年のカオスはどこにも見あたらない。

しかし「根岸家」ばかりでなく、日本で最初のジャズ喫茶「ちぐさ」も、旧店はすでにないのである。文化も風俗も移り変わるものであるが、それでも都市の繁栄のカゲで、消えてゆくものを悼む気持ちを、わたしは今も捨て去ることができないのである。

初鏡——鈴木真砂女と稲垣きくの

初冬や訪《と》はんとおもふ人来り　蕪村
紅指して過去甦《よみがえ》る初鏡　鈴木真砂女

冒頭の第一句、まずはこんな解釈ができる。

新年の句ではないが、まだあまり寒くならない頃、たとえば馴染みの銀座あたりのバーで、一人飲んでいる時、ふと、

「あいつには久しく会っていないナ、元気かな。一度訪ねなくては……」

などと思ってグラスを傾けていると、店の扉があいて、そこへひょっこり、

「やあ、ひさしぶりだな」

と、コートを脱ぎながら近づいてきた男が、たった今「訪はんとおもふ」と思っていた当の本人だった。そんな偶然の出会いの驚きを一句に詠んだというのである。

俳句は原則的に一人称の文芸。この句は、この一句を詠んだ蕪村自身がそう思ったのである。しかし、なぜ銀座でいいのか。興味深いことに、この現代的なひびきのある発句の場面を、時代をおきかえて読むことができる。むろん、蕪村の句ばかりではない。江戸元禄の発句が、時空を超えて現代人の心にひびいてくることは多い。

だからこの句の場合、一句の世界は蕪村がそれこそ〝時空〟を超えて銀座のバーにいることにして読んでもよいし、読む人が作者になりかわって、自分自身の銀座や新宿での体験として鑑賞することが可能なのである。

俳句は、解釈の許容範囲が実に広い。

詠んだ人のための作品であることはもちろんだが、同時に、読む人のための作品でもあると言ってよいだろう。とくにこの句の場合、なにせ「蕪村俳句」は、と言った方がよいだろうが、傾向として現代性が濃厚なので、こんな解釈が可能だ。

さて、俳句詠みのバイブルである歳時記について、最近、こんなささやかなエピソードがあった。句会の帰りに寄った行きつけのバーのボックス席で、連れの一人が、感に堪えんばかりにこんなことを呟いた。彼はポケット判の歳時記を手にしていた。

「歳時記は季語ばかりだけじゃなくて、生活の言葉の宝庫なんですねぇ！」

と、感嘆の声をあげたのだ。

それが唐突だったので、そこにいた俳句仲間たちが大笑いした。彼は同好のグループ、われらの〃連衆〃の中でもいちばん若く、すでに微醺の状態だった。むろん彼が間違ったことを口走ったわけではない。当然のことを驚いてみせたのでおかしかったのだ。

むしろ笑う方がおかしいのだが、ここはやはり歳時記について、同語反復のようなことを突然口にしたので、一同がどっと笑った。彼の言う通り、歳時記は季語ばかりでなく、普段の生活においては、それとは意識しないような〃日常の言葉〃、つまり自然を含めて、人事百般についての語彙が集められている。基本は季語を集めたものだが、その解釈の中に〃日常〃が見えるのだ。まさに魅力あふれるヴォキャブラリーの宝庫なのだ。その起源も、江戸時代の初期にまでさかのぼり、北村季吟、貝原益軒、滝沢馬琴の歳時記が知られている。

語彙の数、実に三千を超えるが、日本人にはおなじみの、古来、生活にまつわる「詩語」、あるいは詩語らしき言葉、日常の道具の名前など、語彙収集も微細にわたっていて驚かされる。それぞれ季節感を持った言葉に出会い、それを意識的に発見し、自分の方へ発想を引き寄せる〃磁場〃ともなるのが歳時記、と言ってよいだろう。

アイデアの源泉だと言って、俳句をやらない人が積極的に活用することも多い。胸にきゅんとくる郷愁を誘うような言葉があるかと思えば、現代の生活の中では、もはやお目にかかることができないような、かつての人びとの日常の用語にめぐりあったりする。

歳時記には、一つの季語に例句が、五、六句から多い時には五十句以上も掲げられている。これが貴重なのだ。それも芭蕉・西鶴・蕪村から、現代の石田波郷・森澄雄・坪内稔典以降まで、驚くべき広い視野で厳選してある。語源を古くは万葉集、古今集などの和歌や、遠く唐詩にまで求めていることもしばしばである。飛鳥や天平時代の古い歌に出てくる言葉が、現代に通じる季語として堂々と生きていることを知って驚く。歳時記は、日本語の〝底〟の深さを発見する場でもあるようだ。

初冬や訪はんとおもふ人来り

ところで、冒頭の蕪村のこの句の季語は、見ての通り「初冬」である。

ありふれていて、つまらないと言うなかれ。俳人飯田龍太は、冬あるいは初冬は、「そのキッパリした姿から生活・気象あるいはさまざまの事物とかかわって鮮明な素材を提供する季節だ」としている。さらに「わけても俳句では──」と断っている。この蕪村の一句は、初冬の森閑とした人恋しい気分に、男心を、いや、女心をもであるが、誘いこまずにはおかない懐かしさを持っている。

ところで、そんなことに思いをめぐらしていたら、こんなキッパリとした女心を詠んだ冬の秀句を思い出した。

女には紅さし指のありて冬　　　　稲垣きくの

現代の作品である。〝寒紅〟はすでに取りあげた。また違う印象の「紅」である。ここは冬のバーの化粧室の光景であろうか。

むろんこの場合、作者がバーのお客であるか、バー勤めの女性であるかは問題にしなくてよい。あるいは自宅の鏡台の前で紅をさしている女性のことと読んだ方が自然であるかもしれないし、劇場の楽屋の場合であってもよい。それにしても、どこか艶美で、しかも「冬」と痛切にひびきあう一句である。（稲垣きくのについては、久保田万太郎のところでも、すこし触れた）

この女流俳人は、山本健吉に大変評価された。そしてライバルがいた。銀座で小さいが有名な小料理屋「卯波《うなみ》」の女将だった鈴木真砂女である。二人の評価は俳風の好みによってそれぞれだろう。この稲垣きくのの一句は「冬」が効いている。この冬は、女が一人でいることの寂しさを強調する。それが季語の力である。

新年になると「初鏡」という女性の初化粧を表現する季語がある。

真砂女はきくのに負けじとこんな句を詠んでいる。

紅指して過去甦る初鏡　　鈴木真砂女

俳句には正岡子規の時代から競吟《せりぎん》というのがある。一つのテーマ（多くの場合は季語や季題）を競って詠む。この二句は、季語は異なるがまるで競吟だ。

わたしは銀座並木通りにあった真砂女さんがやっていた小料理屋「卯波」によく出かけた。そして何度か真砂女さんにお会いしてお話をした。彼女は鴨川の老舗旅館の娘として裕福に育ったが、とてもつつましいところのある女性だった。

それはそれとして、この〝競吟〟の勝負、どちらとも決めがたい。とにかく二句ともそれぞれに、華やかで艶っぽい。「初鏡」の句はいかにも真砂女らしい。きくのの「紅さし指」の一句も、淋しさを感じさせるが、やはり優艶な余韻がある。捨てがたい。

今、〝銀座の蕪村〟に思いを巡らしているうちに、ふと脂粉が香り立つ一幅の上村松園の絵のような「紅さし指」と「初鏡」の句に連想が走ったのだ。そう言えば、きくのは元松竹蒲田撮影所の女優だったことがある。とすれば「紅さし指」の発句は楽屋でのことだったのかもしれない。さらに連想はふくらむばかりだ。

参考までに蛇足をつけ加えておきたい。俳句を読むためには、雑学や蛇足の類が、大いに役に立つ。解釈の許容範囲を正確に広げてくれることは、よくあることだ。

与謝蕪村（一七一六〜一七八三）は、江戸中期の俳人で画家としても知られている。摂津の人。本姓は谷口。幼時から絵の才能を発揮、文人画で大成した。池大雅との合作「十便十宜図」は有名。いっぽう、俳諧を早野巴人《はじん》に学び、正風（芭蕉の正統にかえる）の中興、「俳力（俳諧性）の回復」を唱え、また感性的、浪漫的作風を生み出した。芭蕉と並び称されているが、現代の評価は高い。享年六十七。参考句を二つ。

かへり花暁の月にちりつくす

渡し呼ぶ女の声や小夜千鳥

次に、稲垣きくの（一九〇六〜一九八七）は、本名を野口キクノという。神奈川県厚木に生まれ、横浜の名門女子商業を卒業後、結婚したが三年で離婚。松竹蒲田撮影所に入社して女優になった。撮影所が大船移転の時、退社。女優志願をあきらめる。のち茶道教授をやりながら、俳句を大場白水郎に師事した。また俳句結社『春燈』で久保田万太郎の指導を受け、激しい女の情念を句に詠んだ。昭和四十一年、句集『冬濤』で俳人協会賞を受賞。

「募るひたむきな思慕を俳句に詠み、独特の女性俳句の世界をひらいた」とは山本健吉のきくの評である。享年八十一。同様に参考句を二つ。

をんなの香放ちてその名をみなへし
鯉の血の流せし水のすぐに澄む

最後にここでの本命、鈴木真砂女（一九〇六〜二〇〇三）は、千葉県鴨川生まれの俳人。旅館吉田屋（現・鴨川グランド・ホテル）の三女。本名まさ。日本女子商業（現・嘉悦学園）卒。日本橋の雑貨屋に嫁ぎ一女をもうけるが、離婚。俳句は大場白水郎に師事。戦後、久保田万太郎の『春燈』に所属。稲垣きくのを知る。生家の吉田屋に戻っていたが、故あって昭和三十二年に去り、銀座に小料理屋「卯波」を開店した。広さ八坪、カウンター九席、小座敷が二つの店だった。最後の十年は孫が続けたが、平成二十年一月に閉店。五十一年間続いた。真砂女は昭和五十一年、俳人協会賞を受賞。瀬戸内寂聴の小説「いよよ華やぐ」のモデルとして有名。享年九十六。十年以上も前に他界。参考までに例句を二つ。

あれは野火草あるかぎり狂ひけり
恋のこと語りつくして明易き

それぞれの俳人が、十七音に込めた情念の焔は永遠だ。出会う度に遠い過去が心に甦る。

初日記――森澄雄と白鳥夫人

言の葉もまことしやかに屠蘇祝ふ　　澄雄（句集『所生』）
たよりなきこころのはじめ初日記　　同（句集『四遠』）

東京の西郊を走る私鉄の一つ西武池袋線は、豊島区、練馬区を通過して、所沢、飯能、秩父方面に向かっている。沿線には江古田駅を中心にして日大芸術学部や武蔵大学や武蔵野音楽大学などがあり、もう昔のことになるが旧制東京商科大学（現・一橋大）の予科が、石神井公園駅近くにあった。農業が活発な土地柄ではあったが、文教的にも豊かな歴史を持った沿線なのである。

その石神井公園駅のひと駅先が大泉学園駅である。

再開発で、今やずいぶん変わってしまったが、同駅の正面から、北へ延びるバス通りを大泉学園通りと呼んで、この地域のいわば大動脈となっている。近くには東映大泉撮影所があって、その一画に東映動画（現・東映アニメ）と呼ばれていた専門プロダクションもある。サントリー宣伝部時代に、わたしはこの動画スタジオにコマーシャルの制作でよく通っていた。今も近隣に住んでいる。駅前には小さなバーがあり、小料理屋も何軒かあった。

撮影所とか、動画スタジオとかいうと、賑やかな界隈を想像するが、この町は、俳人の森澄雄や、小説家の五味康祐や藤沢周平という錚々たる文人たちが長く住んだ閑静な一面をも備えていた。

また、環状八号線にも近く、この幹線道路が、東京の西郊外を横切っていることもあって、石神井公園を起点にしてみると、周囲には多くの作家、文人が住居を構えた歴史がわかる。たとえば、ほかに檀一雄、庄野潤三、真鍋呉夫、すこし離れて杉並区には、荻窪近くに井伏鱒二、藤原審爾の立派な家があり、練馬区に隣接する井荻には開高健の旧居があった。天沼には太宰治や三好達治が一時住んでいたし、この幹線道路のその先には、吉行淳之介や安岡章太郎の住居があって、挙げるといつまでも切りがない。──

ところで、大泉学園通りを十分ほど歩いて、北園という大きな信号を左折しておよそ五分も歩くと、道路沿いの角に〝白鳥邸〟こと森澄雄宅がある。五味康祐や藤沢周平が住んでいた家も、ここから徒歩で十五分とは離れていないだろう。文学散歩の案内のようになってしまったが、俳人・森澄雄とつながるのである。

ある日、それは一九九四年の初夏の頃だったと思うが、わたしは俳句の師である森澄雄先生宅を訪問した。前にも書いたが、その何年か前から、わたしは森澄雄主宰の結社「杉」の同人のしんがりに連なっていた。この時は、句会に出席するために伺ったのではなく、何か別の用事があったのだと思う。先生は玄関の脇の部屋を書斎にされていた。

ご長男の潮《うしお》氏（現・「杉」主宰）に書斎へ通されると、何かしきりに読んでおられる。ともかく挨拶をすると、読んでいたものを、直ぐに脇机に置いて、

「やあ、いらっしゃい」

と言われた。あまり熱心に読んでおられたようなので、「何をお読みですか」と、聞きたいところだったが、目上の人には、そのようなことをなかなか聞きにくい。

「藤沢周平はいいね。藤沢さんは、すぐ近くに住んでおられるのよ」

と、先生の方から言い出された。

「いや今、お読みだったのは、この間出た文藝春秋の『藤沢周平の世界』ですか?」

「……バス通りの向こう側にお宅があってね。散歩好きのようだが逢わないねェ……」

先生はかなり周平作品を読んでおられるようだった。

当時も山本周五郎は広く読まれ続けていたが、藤沢周平はまたひと味違う魅力があって、ブ

ームのような感じで読まれていたように思われる。森澄雄は藤沢周平派なのだな、と何となく納得した。

実は、これより八年ほど前の一九八六年、周平は伝統ある雑誌『俳句研究』一月号に味わい深い森澄雄論を書いている（この雑誌は二〇一一年八月休刊）。周平は素人の芸と謙遜しているが、堂に入ったものだった。

藤沢周平は、若い頃より俳句に関心があった。二十六歳の時、結核の療養のため、現在の東村山市の篠田病院に入院していた時に誘われて初めて句会に参加した。静岡にある俳句結社「海坂」に二年ほど、投句を続けたのもこれが契機という。

『俳句研究』に載った周平の論考を読んで、森澄雄は素直に驚いた。

周平が大泉学園町に転居してきたのが、一九七六年、四十九歳の時だから、隣組同士であるということはわかっていたであろうが、俳句に造詣があるという認識はあまりなかったのではなかろうか。周平の『「海坂《うなさか》」より』という若い時の句作が、まとまって発表されたのが、周平没年の『藤沢周平のすべて』（文藝春秋臨時増刊・一九九七年四月）だった。

さて、「青春と成熟——鑑賞・森澄雄の風景」（『藤沢周平句集』所収・文藝春秋）というのが、周平の森澄雄論の題名だった。

森澄雄は、よく語られ論じられ、またよく読まれてきた俳人である。境涯を詠んだ作品も多く、親しみやすく、そしてひびきがすぐれていた。同時に、批評の名手でもあった。だから俳句ばかりでなく、澄雄の俳論は、同世代の俳人を凌駕していたとわたしには思われる。

そして澄雄より一歳若い大正九年生まれの飯田龍太（父・蛇笏の後継として『雲母』を主宰）の瑞々しい抒情と感性に富む作風は、澄雄と並んでファンを二分していたのではなかろうか。二人が際立った活躍をした時代が続いた。また、澄雄とは同い年で、加藤楸邨《しゅうそん》の人間探求派の同門だった金子兜太《とうた》も「新しい俳句をめざす」と唱え、澄雄とは異なる作風ながら、ともに論じられることが多かった。

山本健吉はこう指摘したことがある。澄雄と龍太を比較すると、龍太には土着性というものがあるが、澄雄にはどこか俳諧に通じる諧謔に興じ入るところが見える、というのである。さらに、虚実という点から言えば、澄雄は虚に傾き、龍太には実に傾く度合いが強いという。興味深い見方である。一例を挙げてみよう。

炎天より僧ひとり乗り岐阜羽島　『鯉素《りそ》』

実景を詠んだものであろうが、どこか暗喩が感じられ、諧謔味がある。あるいは、澄雄は真夏の車中で虚に遊んでいたのかもしれない。

森澄雄は、九州帝大経済学部の学生時代から加藤楸邨に親炙《しんしゃ》し、『寒雷』の俳人として俳壇に登場した。そして、すでに書いたように師・楸邨のもと、中村草田男、石田波郷ら人間探求派に連なっている。そして句集『花眼《かがん》』以後、芭蕉に帰り、蕉風に原点を求めて、さらに人生派的内省を深めていったのである。

藤沢周平は、加藤楸邨に関心を持ってずいぶん読んだようだ。その影響もあるだろう、どうやら、澄雄三十五歳の時、第一句集『雪櫟《ゆきくぬぎ》』（一九五四）が出ると、真っ先に読んだようである。周平は二十七歳だった。東村山の病院で療養仲間の句会には前年から参加し、句誌『海坂』にも投句していたが、病状の安定しない不安の中にあった。

チェホフを読むやしぐるる河明り　『雪櫟』

澄雄、学生時代の作である。周平は、場所を自分自身の郷里山形県の鶴岡に置き換えて、この句を読んでいる。熱い思いで、澄雄の一句に感情移入しているのだ。

「奇怪なことにこの句の中には若かったころの私がいる。私は燈がともる河畔の喫茶店にいて、読みつかれたチェホフからふと上げた眼を、寒寒と暮れて行く川に投げているのである。」（前掲書）

周平がこう書いているように、俳句とは、このように読める文芸なのだ。決して「奇怪なこと」などではない。若き周平の一句を揚げておきたい。

桐の花咲く邑《むら》に病みロマ書讀む　（藤沢周平句集『「海坂」より』）

話柄を戻す。森澄雄邸をなぜ「白鳥邸」と呼んだのだろう。門下の人たちはむろん、俳壇でも知られた呼び名だった。澄雄が練馬区北大泉に、戦後すぐ都立高校の教師をしながら、ようやく貧しい一家を構えた時に詠んだ一句に由来する。第一句集『雪櫟』に収めらた。

除夜の妻白鳥のごと湯浴みをり

つまり〝白鳥夫人〟が住む家「白鳥邸」なのである。以後、主宰宅で行なわれる小人数の句会（運座）を同人たちは「白鳥邸句会」と呼び習わし、澄雄が病臥してからも体調のよい時には開かれた。大きなテーブルに秋の七草などがきれいに活けられて、ビールとグラスが並び、句帖まわしの嘱目吟（見たままを句に読み、和紙の句帖にそれぞれが書いてまわしてゆく句会）がすすめられて行く。

お開きになると、時々は、近くのビアレストランに出向いて、グラスを傾けながら主宰を中心に、ひと時の俳句談義となった。同人には酒豪・酒仙が多かった。西武池袋線の桜台駅近くの小料理屋には、主宰の四歳年下で酒豪の長老同人・石嶋徳三氏によく連れてゆかれた。徳三氏、番外の発句である。

老いてなほ仏に遠し温め酒　　石嶋徳三句集『蜀魂《ほととぎす》』

この温め酒が人肌の燗酒か、ウイスキーのダブルのお湯割りかはわからないが、暮れの慌ただしさを忘れることができた。

また、澄雄の高弟でこんなありがたい昼酒の一句を詠まれたのは、脇村禎徳氏である。

昼酒は目こぼしなさり法然忌　　脇村禎徳句集『而今《にこん》』

「法然上人は、昼酒を世の慣らひとてお赦しなされたるに」と前書きがある。はじめにかえろう。主宰・森澄雄の冒頭の掲句である。

言の葉もまことしやかに屠蘇祝ふ

たよりなきこころのはじめ初日記

新年の酒、屠蘇を祝うにしては、「まことしやかに」という表現は、かならずしも穏当ではない。皮肉まじりの「おかしさ」が潜んでいる。諧謔を以てつまらぬ慣習を破っている。また初日記というものは、普通、明るい実り多い一年を祈念して書くだろう。澄雄は「たよりなきこころのはじめ」と書くのである。これはもう、山口瞳である。私小説を書く「偏軒」先生にして〝ヘソ曲がり爺〟である。境涯句の極致と言えるかもしれない。とはいえ、それが諧謔なのだ。真実を確かな眼で読み取る〝芸〟だ。あるいは苦い〝芸〟と言うべきだろうか。

屠蘇くめや短くなりしいのちの緒　　（森澄雄句集『四遠』）

燗酒や左手はまだふところに　　（同『餘白』）

跋にかえて――佐治玄鳥俳句の雄魂

八年近く書き続けてきた拙稿のひと区切りとして、ともかくもここに擱筆できた。正直ほっとしているのだが、同時に書きたいと思いながら書けずにいたことを、やはり今、遅ればせながらしたためておきたいと思う。

それは異色の経済人と言われ、独自の文化志向の経営を進めた佐治敬三（一九一九〜一九九九）のことで、サントリーの二代目社長。晩年は俳人でもあった。父・鳥井信治郎が起こした事業の神髄を自ら咀嚼して、「伝統と革新」を企業経営の基盤に据えた（具体的には「やってみなはれ」という一語に象徴される）。理系の経営者で、若い時には独力で科学文化総合誌『ホームサイエンス』を創刊し、経営の〈文化的基礎〉を固めようという戦略家だった。同誌には織田作之助、阿部知二、村岡花子、中谷宇吉郎、小磯良平、小林一三という当代一流の人々が登場。しかも創刊は、戦後のどさくさが続く昭和二十一年十一月。志の高さが伝わってくる逸話《エピソード》である。――

雪おける荷舟に夕餉灯の明かり
コクリコのほしいままなる荒野かな
ゴビの夏悟空のごとく飛びにけり

初句は、敬三の旧制高校時代（一九三八年、十九歳）の作。第二句（句集『自然薯《じねんじょ》』所収）はスペインでの作。第三句（句集『千翁花《せんのうげ》』所収）は晩年に入ってから一九九〇年代、海外へよく出かけていた頃の作句である。初句、大阪堂島川あたりの景であろう。「荷舟に夕餉」という視点は、人々の生活に思いを馳せるヒューマンな一面だ。梶井基次郎風か。「悟空のごとく」の句は、この作者でなくては詠めない雄渾な一句で荒梵天《あらぼんてん》こと俳人・金子兜太《とうた》を思わせる。佐治敬三は若い頃から俳句も詠んだが、また文学書だけでなく、聖書を読み、仏教経典を繙いている。人はどう生きるべきか、社会はどうあるべきかを考えた。

晩年は「玄鳥」という俳号を使った。サントリー美術館の茶室「玄鳥庵」に倣《なら》った。

多忙で時間がない時は、飛行機の中で広告の裏面に発句をメモした。自然や人事万般への熱い視線を向ける経営者だったからこそ、企業活動を盤石のものとし、開高健や山口瞳や柳原良平などという異才を結集させることができた。句集を三冊、エッセイ集を三冊、他にも対談集二冊などがあり、新聞や雑誌に随筆をよく書いた。

次の掲句はビールを痛飲する真夏の爽快な一句。

炎天下ジョッキは泡を残すのみ　　玄鳥（『千翁花』）

さて、すでに伝説になったと言われるPR誌『洋酒天国』も、企業オピニオン誌『サントリークォータリー』も、〃サントリー学芸賞〃などと同様、佐治敬三の下でスタートした。ほかに酒販店向けの『発展』という雑誌もあったが、駆け出し時代の開高健も担当し、八年遅れて入社したわたしも担当させられた。開高は徳川夢声を訪ねたと書いているが、わたしは佐田啓二や奈良岡朋子さんを訪問して取材した。これらの雑誌作りは、全社的に見ても企業文化を醸成する有効な孵卵器であったと思う。

本書で取りあげた二十八人の新旧の文人のうち十六人の方々は、わたしが実際にお目にかかっている文人たちである。やはり三十八年間、サントリーという企業の現場で仕事にかかわることができたからこその天恵であったと思う。

創業者の鳥井信治郎、次代佐治敬三、第三代鳥井信一郎、そして第四代社長で現会長の佐治信忠、副会長鳥井信吾、社長の新浪剛史、副社長の鳥井信宏というトップ経営者たちが、明治大正昭和そして平成と培ってきたこの会社の企業文化のDNAを伝え、今も「革新」と「挑戦」を続けている。

本書は、『ウイスキーヴォイス』誌（サントリースピリッツ株式会社発行）に連載した断章で、多くの頁が占められている。この雑誌は、同社が全国各都市の主要なバー、バーテンダーの方々へダイレクトメールしているPR誌である。柳原良平氏が表紙を描かれていたが、二〇一五年に惜しくも他界された。今回、かほる夫人のご厚意で拙著の表紙を飾ることができた。柳原さんのご冥福をお祈りし、あわせて心よりお礼を申し上げたい。そして柳原さんの作品を管理されている佐々木勲氏と、見事な装丁をして下さった坂川栄治氏（＋鳴田小夜子氏）、読みやすい本文レイアウトの水谷イタル氏にも感謝を申し上げる。

連載は二〇〇八年の32号から今も続いているが、ここで一部を改稿・改題し、何篇かを書き下ろした。同誌の発行人・森本昌紀氏と編集人の川畑弘氏に厚くお礼を申し上げる。また、今回、上梓するにあたっては、『サントリークォータリー』時代から長い付き合いのある編集者、富永虔一郎氏に大変お世話になった。最後になったが、本書を刊行してくださった幻戯書房の田尻勉社長、田口博編集部長に格別のご高庇をいただいたことはまことに嬉しく深く感謝申し上げたい。

平成二十九年二月十九日（妻みどりの誕生日に）

小玉　武

◉初出一覧

本書に掲載した二十八篇の断章は、サントリースピリッツ株式会社発行の『ウイスキーヴォイス』誌（以下『ｗｖ』）の連載「酒場の歳時記」を改稿・改題した二十二篇、および書き下ろし六篇から成っています。改稿したものの中には、半分近くを書き改めたものもあります。

春酒場――永井荷風と新橋汐留　書き下ろし
佐保姫――丸谷才一の八十八句　『ｗｖ』２００９年春35号＋２０１４年冬49号
夕ざくら――久保田万太郎と打ち水　『ｗｖ』２０１０年春38号
紅灯緑酒――植草甚一と本牧夜話　書き下ろし
蓮根の穴――吉行淳之介の銀座　書き下ろし
洋酒天国――山本周五郎と間門園　書き下ろし
桜桃忌――太宰治と涙の谷　『ｗｖ』２０１４年春47号
風鈴――村上春樹と幻住庵　『ｗｖ』２０１５年春51号
茉莉花――吉田健一の倫敦　『ｗｖ』２０１６年春・初夏53号
チェーホフ忌――寺山修司のサンダル　『ｗｖ』２０１４年秋48号
夏盛り――松本清張の句嚢　『ｗｖ』２００９年晩夏36号

黄昏――開高健とオガ屑の匂い　『wv』2008年夏32号
アカシヤの花――正岡子規の大連　『wv』2012年春43号
白露――山口瞳とエスポワール　『wv』2008年秋33号
燐寸の火――西東三鬼の神戸　『wv』2010年夏・秋39号
黄菊白菊――夏目漱石の海鼠の句　『wv』2012年夏・秋44号
勧酒――井伏鱒二の荻窪　『wv』2015年春50号
秋時雨――野坂昭如の破酒場　『wv』2016年冬55号
西鶴忌――織田作之助とアリババ　書き下ろし
冬の雷鳴――大沢在昌の新宿　『wv』2015年冬52号
肘寒し――井上木它と角瓶　『wv』2016年秋54号
おでん――久世光彦の男と女　『wv』2008年冬34号
寒紅――武原はんと六本木　『wv』2012年冬45号
凍てる――ヘミングウェイと戦争　『wv』2013年秋・冬46号
ゆく年――安岡章太郎とビート詩人　『wv』2010年冬40号
去年今年――高浜虚子と根岸家　『wv』2011年冬42号
初鏡――鈴木真砂女と稲垣きくの　『wv』2009年秋冬37号
初日記――森澄雄と白鳥夫人　書き下ろし

小玉武――こだま たけし――一九三八年東京生まれ。神戸、横浜で育つ。エッセイスト・俳人。六二年早大卒。同年四月、サントリーの前身、壽屋（株）に入社、宣伝部に配属。開高健、山口瞳らの薫陶を受けながら、広告制作、PR誌『洋酒天国』を編集。七九年『サントリークォータリー』を創刊し編集長。広報部長、文化事業部長等歴任。途中、TBSブリタニカ取締役出版局長（出向）。『ニューズウィーク日本版』創刊に参画。二〇〇〇年退職。前年より早大（非常勤参与、同顧問）、戸板女子短大（評議員、統括広報部長）両校で十余年教壇に立つ。早大では石橋湛山記念早稲田ジャーナリズム大賞事務局長を一五年三月まで務めた。俳句結社（森澄雄主宰）「杉」元同人。現在、小川未明文学賞委員会会長など。日本文藝家協会会員。著書『「洋酒天国」とその時代』（筑摩書房、ちくま文庫）で第二十四回織田作之助賞を受賞。ほかに評伝『佐治敬三』（ミネルヴァ書房）、『係長山口瞳の〈処世〉術』（小学館文庫）、『開高健―生きた、書いた、ぶつかった！』（筑摩書房）など。

美酒《びしゅ》と黄昏《たそがれ》

二〇一七年四月十一日　第一刷発行

著　者　小玉　武

発行者　田尻　勉

発行所　幻戯書房

郵便番号一〇一－〇〇五二
東京都千代田区神田小川町三－十二
岩崎ビル二階
電　話　〇三（五二八三）三九三四
FAX　〇三（五二八三）三九三五
URL　http://www.genki-shobou.co.jp/

印刷・製本　中央精版印刷

ISBN978-4-86488-117-3　C0095